魔幻偵探所

40

雕像殺人事件

關景峰 著

新雅文化事業有限公司
www.sunya.com.hk

魔幻偵探所

人物介紹

南森

身分：魔幻偵探所創辦人、領頭羊

年齡：120歲

畢業學校：斯塔福德學院（伏魔系）

學位：博士

捉妖經驗：108年，獲得「捉妖能手」、「怪獸剋星」等稱號

性格：遇事鎮定、善於思考，生氣時聽到幾句好話氣就消了

最具殺傷力的武器：
顯形粉、細妖繩、無影鋼鐵牆

海倫

身分：魔幻偵探所成員，南森的得力助手

年齡：13歲

畢業學校：劍橋大學（法術系）

學位：學士

捉妖經驗：1年

性格：開朗、遇事觀察細緻，吵架時總讓着本傑明

最具殺傷力的武器：細妖繩、凝固氣流彈

本傑明

身分：魔幻偵探所實習生

年齡：11 歲

就讀學校：牛津大學（捉妖系）

捉妖經驗： 3 個月

性格：聰明淘氣、遇事毛躁

最厲害的戰術：非常規戰術

派恩

身分：魔幻偵探所實習生

年齡：10 歲

就讀學校：倫敦大學魔法學院
　　　　　（反幽靈技術系）

捉妖經驗：1個月

性格：聰明活潑，非常好勝，有時
候喜歡誇誇其談

保羅

身分：魔幻偵探所機械狗

年齡：100 歲

工作能力：無所不知的電腦資料
庫，善於用百分比分析事物

性格：異想天開、調皮、懶惰

最喜歡的食物：潤滑油

最具殺傷力的武器：追妖導彈

特級裝備

細妖繩

能夠對準魔怪迅速旋轉收縮，將它細緊綁實，繩子一旦落到魔怪身上，就像嵌入肉裏，魔怪越掙脫綁得越緊，當然放繩子時可要放得準才行。

無影鋼鐵牆

這堵牆其實就是氣流，它把氣流變成了無影無形的鋼鐵牆壁，能將敵人困在其中，衝不出去。

顯形粉

這是一種非常神奇的粉末，即使魔怪偽裝、隱形了也完全能顯現出它的原形。對了，「顯形」就是「現出原形」的意思！

裝魔瓶

能把魔怪收進裏面，使其在三天內化成清水的神奇瓶子。即使魔怪身形再龐大，也能收進瓶內。

幽靈雷達

能夠準確測定氣流存在的方位，並及時發出警報的裝置。它能跟蹤、測定魔怪在哪裏。不過，如果魔怪的魔力非常強，幽靈雷達有時候也可能測不到，它的更強大的功能還有待你去改進！

追妖導彈

能夠自動尋找魔怪，進行智能追蹤的導彈，這種導彈威力比較大，一般魔怪根本抵抗不了。

魔幻偵探開始行動！

目錄

第一章　為什麼叫荷蘭公園

「你們先等會，我已經融化在這迷醉的景色之中了……」海倫回頭看看坐在公園長椅上的南森博士，她站在長椅前，面對着面前小路一側的綠樹叢。

本傑明、派恩一左一右坐在南森身邊，保羅則蹲在南森腳邊，大家都看着海倫。這是在偵探所旁邊的攝政公園，秋天到了，南森經常帶着孩子們在這裏散步。

「還醞釀情緒呢。」派恩有些嬉笑地説。

「那當然了。」海倫説着對派恩擺擺手，「派恩，別搗亂……」

「大詩人，請……」本傑明攤手做了一個請開始的手勢。

「狹小和有些朽壞的門被推開，我一個人在花園裏徜徉，清晨的陽光鋪滿小路，露水在花朵上閃亮……」海倫深呼吸後，開始深情地唸起詩句，「啊，什麼都沒有改變，葡萄架和藤椅都在，噴泉在那裏自言自語……」

南森微笑着看着海倫，欣賞着她唸出的詩句，保羅也

一動不動的，似乎陷入深深的賞析之中。

「……還有，斑駁的維蕾達雕像也依舊站在那裏，為木樨草的微香環繞。」

「好，很好。」南森聽海倫唸完了最後一句，開始鼓掌。

「一字不差，和我搜索到的詩句一樣，海倫，你可真棒，這首詩很長呢。」保羅在一邊説。

「我最喜歡魏爾倫的詩了，這個法國大詩人的作品我大都能背出。」海倫轉回身，她還是陶醉在詩句中，不過公園周圍秋日的景象確實也美。

「魏爾倫的確文筆優美，海倫朗誦得也很有意境。」南森看着身邊的美景，也很是陶醉地説。

「這有什麼了不起呀，這有什麼了不起呀。」派恩看到南森誇讚海倫，有些不屑地説，「博士，不就是詩歌嗎？我也會，而且我是自創的，大詩人派恩寫的詩，由大詩人派恩朗讀……」

「那你來呀。」保羅很感興趣地説。

派恩立即站了起來，轉身，面對着南森，本傑明和海倫都好奇地望着他。而派恩就望着長椅背後的那個小水塘。

「啊——」派恩深情地感慨了一聲。

「哈哈哈——」本傑明頓時笑了出來。

「噓——噓——」派恩對看看本傑明，隨後又望着小水塘，「攝政公園的水塘呀……攝政公園的水塘……水塘裏都是水呀，都是水……」

「水塘都是泥，那是沼澤。」本傑明笑着插話。

「噓——噓——」派恩又對着本傑明説，隨後一本正經的，「嗯……有一隻遠道而來的青蛙哇，青蛙，『噗通』一聲跳進去，爬出來，變成了一隻後背都是疙瘩的大蟾蜍……嗯，完了。」

「啊？這就完了？」海倫笑着眨眨眼睛。

「怎麼樣？我寫的詩怎麼樣？比海倫説的那個人不差吧？」派恩洋洋自得地問。

「派恩這首詩，還有點魔幻意境呢。」南森一直笑着，「青蛙變成蟾蜍了。」

「這有什麼了不起呀，我也會。」本傑明坐在那裏，看着眼前的樹林，「啊，攝政公園的樹林呀，樹林，樹林裏都是樹，樹林裏沒有樹，那就是……停車場……」

「爛，爛，這是什麼詩？」派恩忙不迭説。

「沒完呢，聽着。」本傑明擺擺手，「啊，樹林呀，神氣活現的本傑明進去，垂頭喪氣的派恩出來。嗯，完

了。」

「最後還不忘説我兩句。」派恩説着對本傑明揮揮拳頭，「你這詩一點也不怎麼樣。」

「多麼好的景色，多美麗的公園。」海倫感慨地説，隨後看看本傑明和派恩，語氣無奈起來，「被你們兩個給破壞了。」

「我覺得我的詩為這個公園帶來了生活的氣息。」派恩表示否認，「我天下第一超級無敵魔法小神探可不是隨便在哪裏都作詩的……」

「噢，又來了，真是無時無刻呀。」本傑明揮着手臂，無奈地説，「防不勝防。」

「好了，我們的超級無敵小神探。」南森説着從口袋裏掏出了手機，「用我這新買的手機合照吧，留下這美好的時光。」

南森用手機開啟了自拍功能，大家立即圍在南森身邊，海倫笑着看着鏡頭，本傑明把保羅抱起來，也笑嘻嘻地對着鏡頭，保羅眨着眼睛，很是開心。派恩就不一樣，他也是笑着，但對着鏡頭吐着舌頭，不過南森覺得這很自然，連續按下拍攝按鈕。

「咔、咔、咔……」連續幾張拍完，南森打開了照

片圖像，畫面上，大家都很高興，派恩吐着舌頭，很是突出，其實數他最為開心。

「不錯，很不錯。」南森説着看了看手機上的時間，「噢，我説小神探們，我們該回去了，還要做晚餐，神探也要填飽肚子。」

南森站起身，大家一邊説笑着，一邊向前走去。夕陽斜射進公園裏，穿過高大的樹木，揮灑在他們的背影上，畫面非常美。

攝政公園到魔幻偵探所的距離不遠，他們不用乘車，

走着路就可以回去。一路上，派恩耍着寶，把大家都逗笑了。

他們轉過街角，距離偵探所還有幾十米，這時，他們發現有個警官匆匆走上偵探所的台階，要去按下門鈴。

「哈哈——」海倫逗笑説，「派恩，看看，你寫的歪詩污染了攝政公園的美好環境，警察抓你來了。」

「本傑明，抓本傑明的。」派恩立即説，「本傑明的那首詩對公園環境的殺傷力才大呢……」

「噢，你們兩個看好了，那是麥克警長。」本傑明這時候不想和他們開玩笑，很是認真地説。

「一定是又有什麼事情發生了。」南森變得嚴肅起來，他看着按下門鈴的麥克，「嗨，麥克警長——」

麥克警長聽到有人喊自己，轉身一看，原來是南森他們，他揮揮手。

南森快步走到台階下，麥克警長對大家點點頭。

「博士，我打過你的手機，但是關機了。家裏電話也沒人接。」麥克警長説，「前天我還和本傑明通過話，他説你們最近一直都在倫敦，沒有外出，所以索性就直接來一趟。」

「家裏沒人，所以沒人接電話，我們去公園了……」

南森說着掏出手機，「可我沒有關機呀，海倫推薦我新買的手機，用着還不熟，我甚至找不到關機鍵……」

「噢，博士，你把手機調成了飛行模式。」海倫把頭伸過去，隨後開始調整設置，「飛行模式呀，當然打不通。」

「噢，原來是這樣，我知道了。」南森說着，看是抱歉地看了看麥克。

南森博士打開門，請麥克警長進去。海倫他們進去後，全都看着麥克，保羅走到麥克身邊。

「我說，老朋友，你一定有什麼事情吧？」

「噢，當然。」麥克點點頭。

「警長，你坐下說，先喝杯茶。」南森請麥克坐到茶几那裏，隨後看看小助手們，「大家都坐下，不要這樣看着警長，像是要吃了他一樣。」

南森已經預感到有比較嚴重的案件，否則麥克也不會急着上門，不過他不想讓氣氛過於緊張。此時，能自動沏茶和沖咖啡的茶几已經給麥克送上了一杯咖啡。

「荷蘭公園，你們知道吧？」麥克抿了一口咖啡，隨後看看大家。

「噢，知道，而且我們都知道荷蘭公園不在荷蘭，而

是在倫敦的西邊。」南森説，他還在緩和着緊張的氣氛，大家都明白，那邊出事了。

「一宗殺人案，大概發生在昨天晚上六點左右。」麥克説，「有一個男子，我們查到這個人叫特納，二十六歲，被殺死在荷蘭公園伯利森男爵雕像前，他的頸上有一個很大的傷口，身上的血基本都通過這個傷口被吸乾了，法醫説這不是人類所為，刑事兇殺案的作案者不吸血，就算想吸血也不會用這種方式，這顯然……不是人類作案。」

「噢，聽上去確實不像。」南森點點頭，「像是吸血鬼在作案，但倫敦很少有吸血鬼案呀，其他的魔怪也一樣極少，所以……有目擊者嗎？」

「沒有。」麥克搖搖頭，「死者應該是在晚上六點閉園前在雕像那裏被殺的，雕像在公園最南邊，管理員關門後也沒有去那裏看。第二天早上七點開園，打開門的管理員隨即就回管理處了，快八點的時候，一個遊客在公園南邊看到了死者，於是連忙報警，警方才趕過去。一開始，你知道的，這個案件被當做普通刑事案處理，這個被殺的特納，本身是個……容易招惹是非的人，其實他是個毒販子，以販毒為生，被捕過，仇家也不少。」

「那很有可能是被仇家殺害的，這事不新鮮。」本傑

明説。

「的確，一開始警方就是從這個方向調查，直到法醫報告出來。」麥克看看本傑明，隨後望着大家，「而且……那尊雕像，手上、嘴上都沾着血，是死者的血，看上去是雕像殺了人一樣。那是一尊青銅雕像，建於1867年，比真人要高一些，有基座的，噢，你們應該都見過吧？」

「我沒有見過，我從來沒有去過荷蘭公園。」派恩立即説，「為什麼不叫英格蘭公園？不過我對雕像身上的這些血跡很感興趣。」

「荷蘭公園以前叫荷蘭屋，最早建於1605年，是一座城堡，第二任主人里奇的封號是第一荷蘭伯爵，所以這裏就叫荷蘭屋了，19世紀荷蘭屋成為了最著名的貴族文化沙龍，大作家狄更斯和大詩人拜倫都是這裏的座上客，伯利森男爵就是貴族文化沙龍的主持者，他本人是個銀行家和慈善家，那尊雕像就是為了紀念他而建造的。」保羅已經迅速地查到了有關荷蘭公園的資訊，「二戰後，以荷蘭屋為核心，那裏建立了荷蘭公園，荷蘭公園以公園裏的日式京都花園而聞名。」

「噢，那個伯利森男爵，有什麼奇特之處嗎？怎麼他

的雕像這麼嗜血？」派恩好奇地看着保羅。

「沒什麼奇特之處，非常有錢算嗎？」保羅說。

「其實警方懷疑那些血跡是人為塗抹上去的。」麥克在一邊說，「那是一尊青銅雕像呀，怎麼吸血？而且在那裏都上百年了，不可能是一個魔怪，否則早就被發現了。」

「噢，是的，雕像怎麼可能作案。」派恩點點頭。

「總之，工作來了。」南森說着看看外面，外面的天色已經暗了下來，「我們吃個飯，然後就去荷蘭公園勘驗現場。」

「今晚就去嗎？」麥克問。

「公園已經關閉了吧？」南森看看麥克警長，「這樣最好，勘驗的時候無人圍觀，我們先要確定這是不是魔怪作案。」

「案發地其實一直被封鎖着。」麥克點點頭，「那裏隨時為你們開放，如果真是魔怪作案，就要拜託你們了……」

半個多小時後，麥克警長駕車在前，南森開着自己的老爺車跟在後面，一起前往荷蘭公園，荷蘭公園就在倫敦市的西部，距離肯辛頓公園不遠，但是面積要小很多，是

一個呈現為長方形的公園。

車很快就停在荷蘭公園的南門，由於有了兇殺案，公園的南側一直被封鎖着。兩個警員守衛在公園的南門，看見麥克警長帶着南森一行前來，立即敬禮。

麥克也回禮，在夜色中，借助着昏暗的燈光，他們走進了荷蘭公園，荷蘭公園的周邊，是被一道一人多高的牆圍起來的。

「噢，案件發生在倫敦，我們來勘驗就是方便，開一會車就能到。」本傑明邊走邊説。

「本傑明，你是不是期望着倫敦多發生一些這樣的案件呀？這樣你來得就方便了……」派恩跟在本傑明後邊，立即問道。

「派恩——」本傑明回頭，不客氣地看着他，「你總是曲解我的意思，噢，算了，你根本就不會正確理解任何人的意思。」

「看手裏的雷達，看雷達。」海倫在一邊強調説，以此阻止着兩人的爭執，「我們的工作，從一下車的時候就開始了。」

「一直看着呢。」派恩揮了揮手裏的幽靈雷達，「沒有反應。」

第二章 公園勘驗

夜晚的荷蘭公園，遠處是一片黑濛濛的，近處有路燈照亮，能看到小路邊的景象，一些樹木，還有長椅，倒是和南森他們剛才散步的攝政公園一樣，唯一和剛才的攝政公園不同處，就是這裏異常的安靜，大家能聽到的，就是腳步聲。

南森以前來過荷蘭公園，海倫也來過，本傑明説自己記不清了，派恩則肯定地説自己從未來過。

他們沿着公園的小路一轉，前面停着一輛警車，警車裏的警員看見來人，連忙下車，他們是在這裏看護現場的。再向前，被警戒線圍起來的，就是一個非常小的廣場，廣場中央是一片空地，大概只有二十平方米，空地的兩側各有一排長椅，空地的南端，就是伯利森男爵的雕像了，雕像有一個半米多高的基座，伯利森男爵就站在上面，他身穿十九世紀考究的貴族服裝，一隻手微微抬起，另外一隻手放在後背，他深邃的雙目注視着前方。伯利森男爵的雕像比他本人要更高一些。

「南森先生，車的後備箱裏有燈架，還有強光燈，能照亮現場。」一個警員知道南森是來勘驗現場的，走過來說。

「非常感謝，不過不用了。」南森說着打了個響指，「亮光球。」

「唰——」的一下，半空中升起來一枚亮光球，整個雕像廣場被照射得如同白日一樣，那個警員驚奇地看着亮光球，點着頭。

「老伙計，沒有探測到魔怪反應吧？」南森忽然問。

「沒有，一切正常。」保羅說。

「好。」南森點點頭，他看着雕像，揮揮手，「我們進去吧，不要放過每個角落。」

大家進了警戒圈，這裏就是案發現場了。現場有一個倒地的人形，被白色粉筆勾勒出來，旁邊有一塊標示牌，標注為「1」，這樣的標示牌還有幾處。

海倫進入後，用手裏的幽靈雷達對着現場掃描着，不過沒有發現任何魔怪反應，本傑明繞到了雕像的後面，仔細地看着地面，尋找着任何的蛛絲馬跡。

「標示2，是一部手機，是死者的。」麥克警長對南森說，他指着地面，就在倒地人形的旁邊兩米處，是2號

標示牌，「我們查看過了，最後一張照片，是死者的自拍合照，他在拍攝自己和雕像。」

　　「手機在哪裏？鑑證中心？」南森問。

　　「對。」麥克點點頭。

　　「這個要拿給我。」南森説道。

　　「沒問題，相關的材料和物證，全部轉交給你。」

　　「博士，你看，真的有血呀。」派恩拿着一部小攝錄機，對現場進行錄影，他指了指伯利森雕像的手指。

　　伯利森雕像抬起的手上，沾了不少的血，血已經乾透了，不過很明顯。因為雕像有個基座，所以伯利森雕像抬起的右手，正好在南森的頸部位置，便於觀察。

　　南森看着伯利森雕像手指上的血跡，皺着眉，思考着什麼。

　　「法醫檢驗過，血跡是死者特納的。」麥克警長在一邊介紹情況。

　　「背後的手掌也有一些，還有嘴上，身上也滴了幾滴。」派恩看着南森，繼續説。

　　「好像是雕像殺人、嗜血一樣。」南森抬頭看着伯利森雕像，「有沒有可能是作案人故意塗抹上去的？」

　　「有可能。」麥克點點頭，「不過塗抹到手指上很方

便，但是要塗抹到嘴上，還要爬上去，也不知道作案者這樣做的目的是什麼？」

「是呀，雕像是青銅的，放在這裏上百年了，殺人者如果因為想轉移警方的視線，用這個辦法確實有點不聰明。」南森有些感歎地説。

「完全是青銅的。」派恩敲了敲雕像的腿，「沒有一點魔怪反應，這是雕像，不是真人，更不是魔怪，兇手可夠無聊的，把血跡抹在雕像上。難道這樣就能轉移視線了嗎？」

「派恩説得對呀。」南森點點頭，隨後看看麥克，「現在有個問題，特納到這裏幹什麼的？這個調查了沒有？」

「特納在倫敦沒有家人，朋友不是很多了，到這裏幹什麼的確不是很清楚。」麥克皺着眉説，「是不是和販毒有關，暫時還不清楚，不過他當時身上確實帶着毒品，數量不算多，就在他的口袋裏。」

「噢，這點很重要，有關這點，我認為是你們要儘快查找的方向。」南森立即説，「如果知道他為什麼到這裏，或許能找到什麼線索，關鍵是看看當時他身邊是不是還有其他什麼人。」

兇手是誰？難道真的有人在犯案後爬上雕像，把血跡抹在雕像上，轉移警方視線嗎？

「我們在找呢。」麥克點點頭，「相信不久就有結果。」

「博士——」海倫走了過來，有些垂頭喪氣的，「沒有發現別的線索，能找到的證據，都被警方提取了。」

「沒有魔怪反應，周邊地區都找遍了。」本傑明也無精打采地走過來，「除了不遠處的那棵老榆樹上的活物，不過不是魔怪……」

「活物？」南森問。

「一隻松鼠，窩在榆樹的樹洞裏。」本傑明晃晃手裏的幽靈雷達，「掃描到的，但是就是普通松鼠，不知道牠有沒有看見案件經過。」

「這個公園，松鼠是比較多的。」南森輕聲地説。

小助手們沒有發現，都看着南森，南森則看了看伯利森男爵的雕像。

「那現在就去警察局吧，特納的屍體也在鑑證中心吧？」南森把頭轉向了麥克警長。

「是的。」麥克點點頭。

「對屍體，尤其是創傷處檢查一下，還有就是現場收集的線索，我們要看到實物。」南森一直望着麥克，「死者的那部手機和雕像的合照……」

「去了以後，連同所有資料都會給你。」

他們離開了現場，前往倫敦警察局。在法醫鑑證中心，死者特納的屍體從冰櫃裏取出，特納的頭上，有一處很明顯的傷口。

「準確地咬在頸動脈上，傷口處比較模糊了，但是能判斷出這是撕咬造成的，而不是利器所為。不過看這傷口，不大像是吸血鬼所為。」南森看着那處傷口說，隨後看看保羅，保羅已經被海倫抱到了特納的身邊。

保羅雙眼裏射出兩道光束，照射在傷口處，並在傷口處掃描了幾遍。

「博士，沒有魔怪反應。」保羅說，「推論為兩種，一是這根本不是魔怪所為，所以探測不到魔怪反應，第二就是這是魔怪所為，但是一整夜後才發現死者，然後又經過了一個白天到現在，魔怪反應如果本身就不大，那現在已經消失了。」

「這裏還有一處撞擊造成的傷口，看，皮膚破了。」南森指着特納的頭部說，「不過一點血都沒有滲出來，也沒有任何瘀青，原因應該是殺人者吸血後，把死者扔在地上，頭部着地產生傷口，但是血被吸光，不可能再滲出來。如果是受害者在被吸血前和魔怪打鬥跌倒產生的傷

口，傷口處會有血跡和瘀青。」

「法醫一開始對這個傷口也很疑惑，後來經過檢測，得到的結論和你的一樣。」麥克很是信服地看着南森。

「好的，有了法醫的檢測論證，那就反過來可以確定我的推斷了。」南森環視着大家，「雖然沒找到什麼魔怪反應，啊，這也是意料中的，而且伯利森男爵手上和嘴上的血跡，似乎是人為塗抹上去的，不過通過檢驗傷口，這個案件確實可能是魔怪所為。有個關鍵點，一般魔怪吸血，會把受害者抱住，吸乾血後把受害者一拋，這就會造成一個新的撞擊傷出現，而且這個傷口一般都是沒有血跡的。如果殺人者是個人類，想吸引開警方視線，那麼只能把死者放在平地上利用機械設備吸血，頭部那個沒有血跡和瘀青的傷口，也就不會出現了。」

小助手們聽着南森的分析，都點着頭，這個案件是魔怪所為的可能性基本成立了。

「所有的資料都給我……」南森又看了看特納的傷口，「我們回去後，仔細分析這一切……這是一宗棘手的案子呀，我們手上的線索不多……」

第三章　一個發現

南森他們拿到了資料，開車回到了偵探所。回去後已經十點了，南森把資料都放在辦公桌上，一個透明的塑膠袋裏，放着特納的手機。

「忙了半天了，你們都可以去休息了。」南森看看時間有點晚了，説道，「不過臨休息前……這個案件，你們都是怎麼看的？」

「魔怪作案，我早就判斷是魔怪作案了……」派恩搶着説。

「在魔怪作案之前就判斷出來了。」本傑明不失時機地跟上一句。

「對。」派恩先是用力地點點頭，隨後明白過來，上去推了本傑明一把，「本傑明，你不要搗亂，我在討論案情呢……」

「博士，你的判斷是對的，這是魔怪作案。」海倫説，「你也説了，不像是吸血鬼作案，的確，吸血鬼吸血的傷口，相對來講都比較清晰，還有明顯的尖牙牙印，而

死者的傷口血肉模糊了。我想的是，是什麼樣的魔怪，不是吸血鬼，但同樣嗜血。」

「很多魔怪都嗜血，不僅僅是吸血鬼。」本傑明説着走到南森身邊，「博士，你開始工作吧，資料也給我看看，我熬通宵也沒問題的。」

「小孩子，不能熬夜的，我也不會熬夜的。」南森説，「不過這個案子涉及魔怪，又是在城市中……海倫，案發地設置的幽靈雷達藏得隱蔽吧？」

「非常隱蔽，在一塊石頭下。」海倫認真地説，「如果再有什麼魔怪出現在那裏，幽靈雷達發現後就會自動向保羅發射信號，我們也就知道了。」

「很好。」南森滿意地點點頭，「必須儘快把它找出來……」

南森展開了工作，他先是列印了一份荷蘭公園及其周邊地區的地圖，攤在桌子上。隨後開始詳細地看警方的報告，不時地拿筆記着什麼，還讓保羅幫助查找一些資料。小助手們也都看了警方的資料，很快就十一點多了，南森把小助手們趕去休息，自己又坐下來研究，保羅一直陪着他，就這樣，忙到了晚上一點多，博士才去休息。

第二天一早，本傑明最先起來，來到辦公區，看見保

羅無所事事地趴在地上，像是在睡覺，不過保羅可不需要休息，只要給足潤滑油。

「保羅，保羅……」本傑明蹲下身子，推了推保羅，「怎麼樣了？找到魔怪了吧？今天就去抓嗎？」

「噢，本傑明，我正在……嘗試休息呢，看看休息是什麼樣的……」保羅有些不耐煩地說。

「你就別休息了，你不去外面追貓，就算是休息了。」本傑明繼續推着保羅，「有結果了嗎？今天能去抓魔怪嗎？」

「噢，本傑明，你想什麼呢？哪有那麼快。」保羅扭着身子，「噢，地板傳來博士那熟悉的腳步聲，博士醒了，你去問他，我再嘗試一次休息……」

南森果然醒了，昨晚他休息得晚，但是起得還是比較早，看起來他的精神很好。本傑明看到南森起來，笑嘻嘻地走在南森身邊，跟着他。

「是不是想問有什麼發現？」南森對本傑明笑笑。

本傑明點了點頭。

「你呢？昨晚也看了報告，還説睡前再想一想。」

「我覺得這個魔怪可能是個四處遊蕩的魔怪，倫敦的魔怪早就被消滅光了，大鼠仙和小精靈也會隨時報告出

現的魔怪，這傢伙一定是在誰都不知道的情況下溜進倫敦的。」本傑明一口氣把話說完。

「是嗎？有一定的道理，不過這要在今天的工作結束後才能去下結論。」南森在自己的辦公桌前，把電腦又打開，還整理了一下桌子上的資料。

「今天的工作？什麼工作？」本傑明立即問。

「他們應該都起來了吧……」南森沒有直接回答本傑明。

「早就起來了。」海倫說着走進了房間，她手上還提着一個超市的袋子，「牛奶沒有了，我去超市買了牛奶……」

「派恩——天下第一笨蛋——」本傑明說着就向派恩的房間走去，「快起來了——今天有工作——」

南森聽到本傑明的喊話，看看海倫，很是無奈地笑起來。

派恩睡眼惺忪地被本傑明叫起來，他說自己沒睡好，因為一直在想問題。海倫做好早餐，大家一起吃了早餐。這一天，確實有新的工作。

海倫收拾餐具的時候，本傑明和派恩就圍在了南森身邊，直直地看着他，目光分明就是求知。南森看着他倆，

不禁笑了起來。

「海倫，你那邊好了沒有——」南森向廚房間喊道，「我這算不算是被圍觀呀？」

「來了——來了——」海倫從廚房跑出來，邊跑邊甩着手上的水。

「昨天，你們休息以後，我把案件疏理了一遍，檢查了證物，噢——」南森説着打開了電腦，「特納喜歡自拍，有和朋友的自拍合照，有在著名景點的自拍，和伯利森雕像的合照，我把他最近的自拍都保存在電腦裏了，這是他生前最後幾張自拍了，時間是案發日的傍晚五點五十分，你們看看……」

電腦熒幕上，出現了一張很暗的照片，拍攝時間是五點五十分，所以天基本黑了。不過，雖然照片很暗，但是不遠處有路燈，他和身後的雕像還是能看清的。特納為了和雕像合照，手機放低，這樣就能拍到自己的臉和雕像的臉了，只見照片上的特納得意洋洋，眉毛挑着，還帶着笑。

照片一共有三張，是連續拍攝的，根據法醫的鑑定報告，這個時間點也是特納的死亡時段，也就是説拍照後不久，特納就遇襲身亡了，還被吸光了血。

「噢，這麼喜歡自拍的人，有點自戀呀。」派恩說着用手滑動着熒幕，熒幕上出現了特納和朋友的合照，「自戀的人喜歡自拍，比如說海倫……」

「噢，我們這是在工作呢。」海倫抱怨地說，「再說我怎麼喜歡自拍了？一天就拍四、五張……」

「我一年才自拍一張。」本傑明說。

「噢，你們兩個倒是配合起來了，好奇怪。」海倫晃着腦袋，然後聳聳肩。

「嗯？」本傑明猛醒一樣，「還真是……」

「談工作，談工作。」派恩引起的小爭辯，不過此時像是和這事無關一樣，「博士，這上面和特納合照的人，是不是都是毒販子呀？」

「這倒不一定。」南森搖搖頭，「特納無業，沒有身分掩護，但是也不會傻到四處宣揚自己是個毒販子的地步，他應該也有一些正常的朋友，這些人不知道特納暗地裏做的壞事。」

「這倒是……」派恩點着頭，看着照片上的那些人，「看上去都不像是壞人呀……」

「特納最後的照片，沒拍到什麼吧，我是說和案件有關的。」本傑明問。

「應該沒有，只有他和雕像。」南森説，「沒有其他任何人入鏡。」

「看上去特納還挺高興的。」本傑明點點頭，「不知為什麼事這麼高興……」

「博士，還有什麼發現？」海倫問，「昨晚休息的時候我還在想，從警方給的資料和現場分析，突破口似乎很難找到。」

「地圖，我列印的地圖給他們看看。」保羅在一邊椅子的椅座上蹲着，提醒道。

「噢，對。」南森在資料裏翻了翻，拿出一張地圖，「這是公園所處地區的地圖，其實在公園的西側，也就是雕像的西北方向，大概四百米左右的距離，有一塊不大的墓地。」

「啊？」海倫一驚，本傑明和派恩也敏感地看着南森，墓地附近出現魔怪案件，絕對會引起魔法偵探的關注。

「我們從南邊過去的，沒有經過這片墓地。」南森説，他看看保羅，「非常小的墓地，要放大地圖才能看到，是老伙計對案發地附近進行例行檢索時發現的。」

「那麼説墓地和這個案件有聯繫？」派恩轉頭望着南

森，「我們是不是要去實地勘測一下？」

「一定要去。」南森說，「我們不能有一絲的僥倖心理，如果真有個魔怪隱藏在墓地裏，那麼和這個案件有關聯的可能性就很大。」

「現在就去？」派恩問。

「對，現在這個墓地也成為案件的線索了。」南森若有所思地說，「按照魔法偵探的破案操作條例，案發地附近是否有魔怪藏身的地方，是一定要排查的。」

「那麼博士，還有什麼別的發現嗎？」海倫問。

「暫時還沒有。」南森搖搖頭，「這個案件的線索很少，關鍵是現場沒有任何魔怪出現的跡象。」

十多分鐘後，他們都上了南森的老爺車，南森駕車前往荷蘭公園西側的那塊小墓地。昨晚他們沒有經過墓地，即便經過了，那麼小的墓地，又天黑了，似乎也看不到。

半個小時後，他們來到了荷蘭公園，南森把車停到了停車場，他們沿着荷蘭公園西側的外牆向那個墓地走去，街上的人不多，這附近都是一些老房子，有些看上去非常古舊。

「那邊，那幢建築物旁邊……」保羅引領着大家，「面積也就五十多平方米……」

他們來到了小墓地前，果然，這裏不大，一圈一米高的鐵柵欄，圍住了墓地，柵欄中間，有一扇小門。向裏面看，大概只有五塊墓碑，都歪斜地矗立在那裏。

「沒有一點魔怪反應。」保羅已經向墓地裏發射了探測信號，沒有收到任何魔怪存在的回饋。

南森走過去，輕輕一推，就推開了柵欄門，柵欄門根本就沒有鎖，不過看起來這裏也不用鎖，沒有誰會想走進這裏。

「保羅查過資料了，這裏沒有主人，管理方為倫敦的市政部門。」南森向裏面走去，「墓地比較古老，時代大概在公元十二世紀，那時候倫敦剛剛成為全英格蘭最大的城鎮不久，這裏算是一處古跡。」

「這裏埋葬的是誰呀？有沒有那個伯利森男爵，就是那座雕像……」派恩走進那些墓碑，「噢，不會有他的，這是一座十二世紀的墓地……」

「這個人的名字叫奧克維森，很像是維京人的名字呀。」海倫看着一塊墓碑説，「倫敦九世紀曾經被維京人統治，這人應該是維京人的後代。」

「噢，真是一個好學生。」保羅在一邊感慨，「海倫的歷史知識也很豐富。」

「歷史學家——」本傑明喊了起來，他指着奧克維森的墓碑旁的墓碑，「這個叫勞蘭，是不是他的老婆？」

「嗯？」海倫看了看，隨即轉臉瞪着本傑明，「你仔細看看，都不是一個時代的人，一個去世後十年另一個才出生。」

墓碑上有埋葬者的生卒年月，本傑明剛才看都沒看就問海倫。

「老伙計，這五塊墓碑上的名字，全都核查一下，看看能否查到他們的經歷，尤其是有沒有冤死或暴死的人。」南森把保羅叫到一塊墓碑前，指着墓碑説。

「我知道，這樣的人死後容易轉化成怨靈，最終生成鬼怪，並出來生事。」保羅點點頭，他掃描着墓碑上的名字，「這個人……都是名不見經傳的普通人呀，歷史上沒有記載……」

保羅依次對五塊墓碑上的名字進行了檢查，這些名字雖然都有斑駁和歲月的磨損，但是文字還是能看清的。保羅最後搖了搖頭，這些人都是普通人，沒有歷史記載，所以就不知道這些人是否有冤死之人。

「這條線索難道中斷了……」南森很是遺憾地説，「從這些墓碑的時間看，這些人都是近一百年時間內被埋

進來的，似乎是個家族墓地，後來因為種種原因，也許是家族衰落，也許是在城外找到新的墓地，沒有人再埋進來，這裏倒是保存了下來……查不到這些人的資訊，也沒有魔怪反應……」

「大概這就是一個普通的墓地。」派恩晃着手裏的幽靈雷達，「我的雷達能穿地一百米，不過一點魔怪反應都沒有，保羅的更強大，所以這個墓地和公園殺人案無關。」

荷蘭公園就和墓地相隔一百米，兩者間是一片空地，空地上有一所老建築，是一個私人家具博物館，展出一些古老的家具，大家都看到了博物館門口的展覽告示。

荷蘭公園那邊，非常安靜，想必此時公園裏人也不多，公園裏的一棵樹上，一隻松鼠飛快地爬上樹枝，隨後又爬了下來。

南森又在墓地裏走了個來回，他低着頭，考慮着什

麼，小助手們都看着他。墓地周邊地區的行人很少，偶爾有人走過，也沒有在意他們。

「我們先回去吧。」南森忽然對大家説，「這個線索的排查，就到這裏了。」

看得出來，南森很是無奈，但是也沒有辦法。小助手們跟着他，走出了墓地，最後一個出來的海倫把柵欄門關好。他們出來之後，就原路返回，他們要去停車場開車回去。

出了墓地向前走了十多米，一個頭髮花白的老者迎面走來，他有些步履蹣跚的，他的手放在口袋裏，看到南森，還微笑着點點頭。

第四章　餵松鼠

南森也笑笑，然後向前走去，走了幾步，南森忽然停下，小助手們也跟着停下。南森回過頭，看着那個老者。

老者走到墓地旁邊，緩緩地停下，他從口袋裏掏出一袋東西，然後灑在墓地的柵欄內側，然後走到一邊，靜靜地站在那裏。

「等我一下。」南森對小助手們擺擺手，他似乎對老者的舉動產生了興趣，向墓地那邊走去。

「你好。」南森先是向柵欄內側看了看，柵欄內側，是一些玉米粒，然後走向老者。

「你好。」老者對南森點點頭，面帶着微笑。

「請問你撒這些玉米粒，是餵鴿子的？還是……」南森問道。

「松鼠，荷蘭公園裏有很多松鼠。」老者指了指旁邊的公園，「噢，哈哈哈，這是我和松鼠的一個約定，就放在這裏，你等着，一會牠們就來了……」

「約定？和松鼠的約定？」南森很是好奇。

「是呀，你看那邊……」老者指着荷蘭公園方向，他的語速很是緩慢，但是很清晰，「公園裏有很高的建築，也有很多樹，噴水池那裏還有個廣場，鴿子在建築頂部或者在樹上，很輕易就能看到地面有人投餵了食物，飛下去就吃了。噢，牠們會飛，想去哪裏就去哪裏，牠們獲得食物的範圍要大很多。而松鼠獲取食物，只能在一個固定範圍內，穿過車輛來往的馬路去別的街區，是很危險的。鴿子欺負松鼠，和牠們搶食物，我把食物放在這裏，這邊最高建築就兩層，很少樹，所以鴿子不在這邊聚集，看不到我給松鼠準備的食物。以前我在公園裏餵松鼠，玉米撒下去不久，鴿子飛過來就吃了。」

「噢，有意思，你覺得鴿子在欺負松鼠？」南森不禁笑了。

「對，我覺得是這樣的，松鼠找到吃的不容易，尤其是要過冬了。」老者倒是很認真，「我天天都回來，把食物放在這裏，牠們會來的，我們約好了……」

「噢，我明白了，這就是你和松鼠的約定，你每天定時投餵，牠們會來這裏吃玉米粒。」南森點着頭，「可是你怎麼和松鼠溝通的？牠們怎麼知道這裏有食物的？」

「嗯，看起來……你是一個認真的人，這很好，我們老年人這點要比年輕人好，就是我們都非常認真。」老者比劃着，看起來他很樂意和別人聊天，似乎是一個孤獨的人，「松鼠不會說話，我們之間不能用語言溝通……其實我家就在這附近，幾年前我從這裏經過，看到有松鼠在墓地這裏，我就在這裏放了一些食物，牠們就吃了，第二天我又看到松鼠在這裏，我就又放了食物。後來，不等牠們先來，我提前放了食物，久而久之，牠們就知道我在這裏投餵食物了，每天都會來吃，深秋的時候，還會把食物儲藏起來，很好，鴿子不知道這裏，沒有來和松鼠搶食物。」

「你可真是個有心人。」南森讚許地說。

「我老了，都不愛出門了，可是開始餵松鼠後，我每天都出門。」老者無限回味地說，「我會在這裏，和松鼠說說話，牠們不會回答，但是牠們會仔細地聽……噢，時間長了，牠們都和我很好，有時候還會學我走路呢……」

「什麼？學你走路？」南森一愣。

「是呀，就是直立行走。」老者笑了，「很神奇吧，可是我看見了，有幾隻松鼠都能直立行走了，牠們在模仿我，和我在互動呢，這讓我更喜歡來這裏了。你知道，松

鼠在吃食物的時候可以用手抓着，身體是直立的，但是牠們是行走奔跑的時候呀，直立起身子。當然，只是直立行走一會，不會一直走下去，所以才説是模仿我……」

「真有意思，松鼠直立行走。」南森也笑了起來，「這些松鼠很懂人性，也許是長期和人類接觸的關係吧。」

「嗯，我覺得也是……啊——」老者突然指着公園那邊，「看，看，牠們來了——」

南森轉身望去，從公園的柵欄下，鑽出兩隻松鼠，一蹦一跳地向這邊跑來。隨後，又鑽出一隻松鼠，跟着向這邊跑來。

「每天都是這個時間嗎？」南森看着松鼠，很感興趣地問。

「每天如此，牠們餓了，牠們要來吃東西了。」老者看着那些松鼠，對松鼠説起了話，「來吧，來吃吧——」

松鼠看到南森在老者身邊，根本就不怕人，牠們跳躍着走了過來，鑽進墓地的柵欄，開始吃玉米粒。有一隻飛快地吃了幾粒，隨後抬起身子，看着老者，還晃動着尾巴尖。

「噢，今天沒有表演直立行走，否則會逗得你哈哈大

笑。」老者對南森說。

「確實想看到。」南森點點頭，「那麼祝你每天都這樣快樂，我先走了，再見了。」

「再見，有空多在公園裏走一走。」老者對南森點點頭。

南森向停車場走去，小助手們都聽到了他和老者的對話，跟着南森向停車場走去。

「松鼠不會說話，否則我們可以問一問，也許牠們知道公園裏的那個案子。」本傑明跟在南森身後，很是遺憾地說。

「老伙計，荷蘭公園有沒有住着大鼠仙？」南森問，「我查過，好像曾經有過。」

「十年前有過，後來搬走了。」保羅說，「沒有大鼠仙，也沒有小精靈，否則我早就建議去詢問它們了。」

「這個方向又中斷了。」南森像是自言自語，「否則問它們，也許早就有答案了。」

南森他們開車回到了偵探所，這一次前往墓地的勘查，可以說是無功而返，他們沒有得到任何有價值的線索，只遇到一個餵松鼠的老者，也沒有問出什麼。

海倫他們回到偵探所，全都一副無精打采的樣子，

路上的時候他們就很少説話了，就連平時話很多的派恩也是如此。案件似乎陷入到一個迷局之中，任何線索都中斷了，關鍵是，他們僅憑受害者被吸光血的現象推斷是魔怪作案，但是一點魔怪作案的證據都沒有收集到，這是否就完全確認為魔怪作案，派恩和本傑明都開始有所懷疑了，但是他倆也找不到推翻這是魔怪作案可能性的證據。

「不用都這樣沒精神……」南森在偵探所裏看到小助手們都這個樣子，倒是笑了，「哪件案子都會遇到各種各樣的問題的，愁眉苦臉可解決不了問題……你們，放鬆一下，本傑明，你可以去玩一會遊戲，完全鑽進一件事裏拔不出來，有時候倒不是一種能解決問題的方式。」

「可我沒心情呀。」本傑明苦笑着説。

「博士，我想去玩遊戲。」派恩搶着説，「不過我最喜歡的還是和本傑明拌嘴，海倫也行……」

「我可不喜歡和你拌嘴。」本傑明坐在椅子上，椅座是可以轉動的，本傑明的身子轉來轉去的，「我説派恩，你可真是太沒心沒肺了，這麼大一個案件你不想，總想着和我拌嘴。」

「什麼叫總想着和你拌嘴？海倫也可以。」派恩立即説。

「看看，這就拌上嘴了……」海倫很是無奈地聳聳肩。

這時，桌子上的電話響了，海倫拿起電話，説了兩句話，隨後看着南森。

「是麥克警長打來的，他們抓住了特納的同夥……」

「我來聽……」南森接過電話，「麥克警長，我是南森……」

警方那邊，麥克警長他們的追查也在積極地進展中，因為案件可能和特納的販毒行為有一定關聯，所以對特納的販毒行為，警方一直在追蹤。他們根據特納生前的最後幾個電話，查到了一個號碼，這個號碼和好幾個毒販有聯繫，警方沿着這個線索，成功地抓到了一個叫費奇的毒販。費奇到案後聽説特納死了，也給嚇壞了，連説特納的死和他無關，他只是把一包毒品放在了荷蘭公園伯利森男爵雕像右側長椅的下面，然後打電話叫特納去取，費奇怕被警方人贓並獲，所以傳遞這些毒品的時候，不會直接交給特納，而採用了這種方式。

特納取貨後，很興奮地打電話給費奇，説自己拿到貨了，之所以興奮，當然是這個毒販子又能賺到一筆錢了。打電話的時間也是在案發當日的傍晚時分，警方經過推斷，特納是先拿到了毒品，然後打電話給費奇。最後，臨

離開公園前，和雕像合照自拍，緊接着就遇襲身亡了。

費奇和特納也不是非常熟悉，不過他知道特納有時候喜歡自拍，特別是高興的時候。費奇不認為特納是被仇家所害，特納有過幾個仇家，不過此時都關在監獄裏。

麥克警長把這些新掌握的情況，全都告訴了南森。南森掛上電話後，把麥克的話向大家轉述了一遍。

「警方的進展真是迅速。」本傑明聽完，攤了攤手，「我們這邊卻毫無進展……」

「我們發現了一塊墓地。」派恩想了想說，「但是好像沒什麼線索。」

「現在從總體來看，我們這邊確實毫無進展。」南森點着頭說，「各條線索都中斷了，似乎進入了一個死局，我們現在其實連是不是魔怪作案的直接證據都缺少。」

「噢，博士，你也這樣說。」海倫像是遭到了打擊一樣，「不要最後是麥克警長抓到了魔怪，那我們可就沒臉見人了。」

「誰最後抓到魔怪，倒也都可以，當然，他們不是魔法師，很難對付魔怪。」南森說，他看看大家，「別灰心，警方這次抓住費奇，為我們提供了一個小提示……」

「什麼提示？」海倫立即問道。

第五章　抬高的手臂

「費奇説特納高興的時候，喜歡自拍，這傢伙拿到毒品沒有被抓到，所以高興，就和雕像自拍了幾張照片。」南森開始了分析，「我們推斷他在自拍後被殺，應該是準確的，這樣他最後自拍的照片，我們應該仔細看看，也許能找到什麼，那個時候，危險應該離他很近很近了。」

「哎，我還以為是什麼提示呢……」本傑明無所謂地説，「那幾張自拍照片我們都看過了。」

「也許不是很仔細。」南森説着打開了電腦，找出特納最後三張和雕像的自拍照，看了起來。

海倫走過去跟着一起看，本傑明也去看。派恩則半躺着，一副懶散的樣子，他和本傑明一樣，覺得再看照片也找不到什麼線索，不過本傑明還懷有這些希望。派恩是一點希望都不抱了。

照片上，還不知道就要丟掉性命的特納看着鏡頭，得意地笑着，原來此時他的得意是來自於獲得了毒品，不過

他販賣毒品的罪行，最終是應該由法院判決處罰，魔怪殺死他吸血，完全就是一種兇殘的攻擊行為。魔怪應該不知道此人是個毒販，它也不會在乎被襲擊者的身分，它的選擇有隨機性，當時誰在雕像那裏，就對誰下手，特納不過是正好趕上了。

照片上的天色昏暗，主角特納笑着，伯利森男爵的雕像表情如故，也沒有看鏡頭。除此之外，鏡頭裏只有一些樹枝，實在找不到別的東西，所以，也就找不到別的線索。本傑明瞪着眼睛，找了幾遍，有些無精打采地離開了桌子那裏。海倫則還在那裏找着，很認真，但是無奈的表情也漸漸露了出來。

「有意思，很有意思……」南森忽然説道，他的語氣平靜，但是言語裏透露出了興奮，聽上去他似乎發現了什麼。

「你説哪裏？哪裏有意思？」海倫急着問，同時眼睛看着照片，似乎想不經提示自己發現。

「雕像的右臂，第三張照片比第一張的，應該高一些……」南森説。

聽到這話，原本都無精打采的本傑明和派恩都跳起來，隨後衝了過來，圍在了電腦前。

53

「你們看，兩張照片，特納的位置基本未動，拍攝角度也一樣，但是第三張照片雕像的右手應該抬起來一些，對比一下，第一張在特納頸部以下位置，第三張到耳部了。」

「真的——真的——」本傑明大叫着。

「是嗎——是嗎——」派恩興奮地問。

「這個時候要老伙計來進行資料分析。」南森説着點開了資料傳輸系統，看看身邊的保羅，「照片傳送給你了，老伙計，你來分析一下……」

「收到，稍等。」保羅也很興奮地晃着頭説。

「博士，你是怎麼發現的？我剛才看了半天呢。」本傑明激動地問，「我都放棄了，居然還有這樣的情況沒發現。」

「其實昨天疏忽了，這個小細節仔細看，應該能發現。」南森説，「不過現在發現也不算晚，會動的雕像，那麼雕像吃人，似乎不是有人故意把血塗抹上去的。」

「可是，雕像沒有魔怪反應呀……」海倫明確知道雕像的手臂是抬動了，但是她陷入了另一個思考之中。

「資料出來了……」保羅對大家説道，「我用全方位圖像處理系統多了比較，將三張圖片統一放在一個座標點上，第一張和第二張照片，雕像的右手臂在一個位置，第三張照片，雕像的右手臂抬高了29厘米。我又對比了我在荷蘭公園為雕像拍下的照片，以及旅遊網站上對伯利森男爵雕像介紹的照片，第一張和第二張，以及我拍的照片和網站上照片，手臂都在一個位置上，屬於常態，但是第三張照片上的手臂，是抬起來的。」

「那天晚上我們去的時候，保羅對雕像拍照了，也就是説我們去的時候雕像手臂位置是和以往一樣的。」南森説道，「雕像殺害了特納以後，恢復了常態，我們可以這

樣理解。」

「保羅，帶上追妖導彈，我們去荷蘭公園，一枚導彈就能把雕像炸爛，雕像是個魔怪——」派恩激動地比劃着，「我説，你們都在幹什麼？我們都找到魔怪了，去攻擊它呀。」

「不要激動，派恩。」海倫擺擺手，「看你激動的樣子，你那天沒去嗎？我看見你拿着幽靈雷達對着雕像照射呢，一點魔怪反應都沒有吧？」

「這個……」派恩抓抓腦袋，「好像是這樣，沒有魔怪反應，這麼有法力的魔怪？能把魔怪反應全都遮罩了？」

「這個不大可能……」南森搖着頭説，「如果真是一個很有法力的魔怪，倒是存在完全遮罩魔法反應的能力，但是它在殺害了特納之後，起碼要把手上和嘴上的血跡擦去吧，怎麼會把懷疑引到自己身上呢？這點就不像是一個有巨大法力的魔怪所做的。」

「我們還是要去現場看一看。」海倫提議道，「這件事看起來沒那麼簡單。」

「走吧。」南森説着站了起來，「去現場是解決問題的重要手段之一，希望我們能有所發現。」

「警察還守在那裏吧？」海倫忽然想到一個問題，「如果有魔怪，那裏就會很危險。」

「現在是白天，問題不是很大。我們也勘驗過現場了，警方人員預計下午就撤離。」南森説，「今後那個區域都要封閉起來了，我們到了以後，就讓警方人員撤離。」

「我們還藏了幽靈雷達在那裏呢。」本傑明説，「有了魔怪反應，幽靈雷達就會向保羅發送信號的。」

「我用幽靈雷達對着雕像照射都沒發現什麼，旁邊藏一個幽靈雷達，哎……」派恩搖着頭説，「沒什麼用的。」

他們簡單收拾了一下，離開了偵探所，前往荷蘭公園。這次去，海倫連保羅的四枚備用導彈都帶上，似乎去和魔怪決戰一樣。

南森開車，帶着大家來到荷蘭公園，他們把車停在南門附近的停車場，步行進入了公園，小助手們都有些緊張，儘管他們用幽靈雷達對着雕像探測也沒有發現任何魔怪反應，但是照片上雕像的手臂動了，這意味着什麼，他們都很清楚。

大家轉過小路的轉角，前面就是雕像了，伯利森男

57

爵注視着這邊，讓大家感覺就像是望着自己。南森他們擺出了一個戰鬥隊形，南森走在最前面，兩側是海倫和本傑明，派恩則是從側翼包抄過去，保羅隨時準備打開導彈發射裝置，不過他目標明確地對着伯利森男爵雕像發射探測信號，依然沒有任何反應。

警車還停在雕像前，一個警員下車，看見南森他們這樣過來，略有疑惑。

「南森先生。」警員對南森敬禮，「你們是來勘驗現場？」

「嗯⋯⋯」南森説，「情況都好吧，這裏沒什麼異常吧？」

「一切正常。」警員回答説。

「我和麥克警長説過了，他和你們説了吧？我們現在接手這裏，你們可以撤離了。」

南森和警員説着話，眼睛卻一直警覺地看着伯利森男爵的雕像。

前方，派恩已經包抄到了雕像的後側，一切正常，如果有異常，保羅早就發信號了。

警方人員撤走了。雕像這邊，南森他們都站在了雕像前，這裏沒有絲毫的魔怪反應。南森使用了透視眼功能，

看穿了雕像，青銅鑄造的雕像裏是空心的，絕對沒有藏着任何魔怪。

「沒有魔怪。」南森搖着頭，隨後看看小助手們，「雕像的青銅壁厚2厘米多，裏面完全是空心的。」

小助手們都長出一口氣，一場激戰看起來是不可能了，他們可以略微放鬆一些。

「手臂位置是常態。」海倫走到雕像的右手手臂位置，一隻手搭了上去，「第三張照片上的要高一些。」

「小心——」派恩走過去，忽然喊了一聲，同時做出去拉海倫搭在雕像手臂上的手掌的動作。

海倫連忙抽回了手臂，同時做出準備迎戰的動作。派恩則在一邊笑起來。

「派恩——」海倫有些生氣，「到處亂開玩笑。」

「這裏是現場，現場你知道嗎？」本傑明在一邊質問派恩。

「不要那麼緊張啦。」派恩嘻笑着説。

「小點聲——你們別吵——」保羅在一邊提醒道，同時指了指南森。

南森背着手，安靜地站在一邊，眼睛看着前面幾棵樹，很明顯，他在思考問題。

　　小助手們都不説話了，他們都怕打攪到南森。很明顯，伯利森的雕像不是魔怪，裏面也沒有藏着魔怪，一開始他們還想着，也許因為自己的疏忽，沒有察覺伯利森雕像是個魔怪，但是南森都用透視眼觀察了，雕像就是青銅的，不可能是魔怪。因此，南森也就陷入了深思，因為雕像不可能自己抬起手臂的。

　　「這隻手臂怎麼會動？」本傑明上前抱着伯利森雕像的右臂，很是着急，恨恨地説，「這到底是怎麼回事，是雕像殺了特納嗎？」

　　「你小一點聲呀。」海倫轉過身，看着本傑明，「這次的情況……確實很不同，但是博士在想辦法。」

　　「劍橋的優秀生，你也想想辦法。」本傑明説，「平常就你的主意多，什麼都知道……」

　　「我……」海倫看了看本傑明，「牛津把你培養出來也不容易，你也不能閒着。」

　　海倫有些爭鋒相對，本傑明不高興地揮揮手。派恩湊過來，叫他們兩個聲音不要太大，影響了南森。本傑明這次確實不是故意挑釁海倫，他確實是着急。

　　「很複雜的案件呀。」派恩在一邊，壓低了聲音，他用手裏的幽靈雷達對着雕像，雷達上的天線都觸碰到雕像

身上了，「你到底是誰？你怎麼能動……」

　　不遠處，一隻小松鼠跳躍着，來到一棵橡樹下，抱起一個樹上掉下來的橡果，一跳一跳地跑遠了。

　　南森忽然轉過身來，向大家走來。他的表情平靜，保羅跟在南森身後，一起走來。

　　「博士，我們回去吧？」本傑明小聲地問。

　　「不能回去，案件剛剛有了眉目……」南森擺擺手。

　　「什麼？」本傑明一愣，「雕像不是魔怪呀，你都用透視眼看過了。」

　　「你可真笨。」海倫上前一步，站在本傑明身前，她聽出了什麼，「博士，你說的不是雕像吧？你是不是發現了什麼？」

　　聽到海倫的發問，派恩和本傑明都興奮起來，他們立即圍到南森身邊。

　　「你們看到松鼠了吧，剛才在橡樹下撿果子的

61

松鼠。」南森沒有直接回答海倫的話，「撿到果子前，東張西望的，還立起了身子，餵松鼠的老人怎麼説的？有松鼠直立起身子模仿他走路？是不是？」

「嗯……是這樣説的呀。」海倫眨眨眼睛。

「那我給你們一些提示。」南森的聲音不大，他向公園外看了看，「墓地，墓地那裏有從公園裏出來去吃食物的松鼠，松鼠還會直立行走，然後是這樣，這個雕像的手臂會動，一個受害者倒在這裏，我的提示其實很多了。」

「這些提示……」本傑明的眉毛都擠到一起了，他聽不太懂南森的提示，「博士，你能再多一點……」

「噓——噓——」海倫激動地擺着手，「本傑明，先別説話，仔細想——」

「好像你能想到一樣。」本傑明小聲地説了一句。

「你們、你們在説什麼？」派恩一副着急的樣子。

「墓地和公園的雕像這裏……松鼠能來回走動，老人餵食松鼠，松鼠才到公園外面去……」海倫一臉的興奮，她好像找到了答案，「對，墓地，墓地裏有……」

「有個霧狀幽靈！」南森這次直接説出了答案，「魔怪的一種。」

第六章　用透視眼觀察

「對、對，是霧狀幽靈——」海倫叫了出來，她眉飛色舞的，「松鼠成為了媒介……雕像也是……」

「對，雕像也是……」派恩跟着激動地說，隨後和海倫一樣，眉飛色舞，「不過，你們在說什麼呢？」

「我在學校裏學過，有些魔怪的初級狀態，就是霧狀幽靈，我好像記得……」本傑明努力回憶着。

「不用想了，我來解釋。」海倫比劃着，隨後向公園的西面看了看，「噢，可不要被聽到……」

「離得很遠，它聽不到。」南森說。

「快說呀，快說呀。」本傑明催促道。

「冤死和暴死的人，最易生成怨靈，怨靈最初的形態，就是一團氣霧，形影模糊，能近距離的在空中進行短暫飄動，沒什麼魔力，也不能去害人。」海倫開始解釋，「不過這種氣霧狀的魔怪生成一段時間後，魔力能逐漸變強，最終經過幾百年到上千年的時間，擁有生前的外形，魔力更強，成為一個真正的魔怪，而在氣霧狀到變成真正

魔怪之間這段時間，有些怨靈可以依附在活物上，或者有人類或動物外形的雕像、繪畫上……你們明白了吧？」

「嗯，我大概明白了。」本傑明聽到海倫這番解釋，兩眼放光，連連點着頭。

「明白了，完全明白了。」派恩點着頭，「你剛説兩句我就完全明白了……你能不能説得再詳細些？」

「啊呀，比本傑明還笨。」海倫飛快地説，「公園西邊的墓地裏有個被埋葬的人，死後變成怨靈，不過現在還沒有變成魔怪，還是保持着氣霧狀態，但是有一定魔力。它鑽進松鼠的身體裏，來到了這裏，然後又鑽進雕像，隨後控制着雕像殺死了特納並吸血，這就是全部過程，明白了吧？」

「啊，明白了，明白了，你還沒説我就明白了。」派恩説完看着南森，「博士，海倫説得對嗎？」

「基本如此。」南森點着頭説，「這樣的推論能把這一切都説通，剛才我也是陷入迷惑，後來猛地看到那隻松鼠，還有松鼠直立起身子的樣子，聯想到那個老人的話。松鼠根本就不是什麼模仿老人進行直立行走，那是因為身體裏鑽進去霧狀幽靈，魔怪生前是人，走路當然是直立行走的，進入松鼠身體後，能夠控制松鼠的身體，所以還是

按照自己習慣的行走方式，所以老人看着像是松鼠在直立行走。」

「這、這……」派恩抓抓頭髮，「那既然是魔怪，怎麼沒有傷害那個老人呢？」

「哎呀，大白天的，周圍也有行人，魔怪怎麼敢下手？」本傑明連忙説，然後看着南森，「博士，我説得對吧？」

南森點了點頭，表示同意。

「那就是基地裏有個魔怪了？」派恩説，「那這邊我們放置了一台幽靈雷達，還有，現在保羅就在這裏，基地離這裏又不遠，應該能探測到魔怪反應呀。怎麼沒有？」

「如果霧狀幽靈靜靜地躺在以前的棺木裏不動，幾乎不產生任何魔怪反應，儀器就探測不到。就連它鑽入活物或者雕像、繪畫之後，被依附物不動，也基本不產生任何魔怪反應。儀器也檢測不到。」南森解釋説，「簡單説，就是霧狀幽靈主動做動作時能被探測出魔怪反應，否則不會被探測出來。」

「博士，你説的我大概都明白了，那現在我們是不是就要去基地那裏，把那個霧狀幽靈給抓出來？」派恩摩拳擦掌地問。

　　「先要看看它在不在裏面，目前的情況分析，霧狀幽靈的出處應該就是那塊基地，五個死者的某一個，死後變成了怨靈。」南森望着公園西面説，雖然那邊有圍欄，看不到墓地，但是此時大家的目標都十分明確了。

　　他們從公園南門出來，轉到公園的西側，向墓地慢慢移動過去，他們盡量裝作路人的樣子，他們來過這裏，如果地下真的有魔怪，很可能對他們的再次來到起疑心。另外，南森仔細想着，第一次到這塊墓地來，他們是否説了什麼查找魔怪的話，海倫説他們確實説了一些有關魔怪的話，但是隔着厚厚的土層，下面真有魔怪，應該聽不到，也許以為他們是探找古跡的遊客。

　　無論如何，要去看個究竟，南森的透視眼，可以看穿地下，也能辨識出包括霧狀幽靈的任何魔怪。海倫等幾個小助手也有這個能力，但是看穿地下的深度遠不及南森，辨識魔怪的能力也要差很多。保羅在這方面，倒是跟南森差不多。

　　按照南森的安排，再次來到墓地這裏，他們並沒有進入墓地，只是站在柵欄外幾米處，這個距離對南森來説，看穿地下的棺木，已經足夠了。海倫、本傑明和派恩站在墓地的兩邊，如果展開捉拿行動，他們要控制霧狀幽靈的

逃跑路線，儘管霧狀幽靈要依附在活物身上才能移動，但是短距離移動還是能自主的。

保羅跟在南森身邊，他的追妖導彈發射架隨時準備打開並發射，不過此時他和南森一樣，想要看穿地下的情況。

南森在柵欄外，身體故意側對着墓地，看上去目的不那麼明顯，因為地下的魔怪利用魔力也是能看穿土層，看到上面的情況的。

「透視眼──」南森默唸口訣，眼睛微微閃光，隨即恢復正常，此時他的眼睛具有了透視的能力。

南森稍稍轉頭，向墓地的地下看去。地下出現了幾具棺木，由於年代久遠，棺木都是木制的，看上去都很是腐朽。棺木裏，是死者的骨架，肉身都已經不見了。

南森沒有識別出任何魔怪，沒有任何的霧狀幽靈，依附在骨架上，這點南森非常明確。他隨後看看保羅，保羅輕輕地搖搖頭，他也沒有發現什麼異常。

南森又向周圍看了看，隨後向墓地前邊走去，他想離開這裏遠一些，他擔心霧狀幽靈去了別的地方，也許會回來。

保羅走到南森身邊，和他一起向前走去，保羅壓低了

聲音。

「裏面有六個棺木，六具骸骨。可墓碑是五塊。」

南森輕輕地點點頭，沒有說話，這其實也是他想和大家說的。

南森身後，本傑明和派恩已經快步跟了上來，海倫看到南森沒有和自己說話，徑直走了過去，也明白了什麼，轉身跟上。

大家一起走過了那個家具博物館，在博物館的一邊，看不到墓地，南森停了下來。

「有骸骨，沒有霧狀幽靈，保羅也沒有發現什麼。」南森說，「霧狀幽靈如果依附在那裏不動，探測儀器不會發現魔怪反應，但是透視眼能看出來，但什麼都沒有發現。」

「它外出了？」本傑明問，「去了別的地方，既然能借助松鼠移動到雕像那裏，也能去別的地方。」

「前提條件是它一定出自於墓地裏，也就是說墓地裏確實有個霧狀幽靈。」南森說，「這樣它才會外出，而且還作案了……我覺得墓地裏有個霧狀幽靈的可能性很大。」

「借助松鼠移動到雕像那裏？」派恩略有不解，「就是說它跳躍到活物身上，跟着活物一起移動？」

「對，甚至可以從一隻松鼠跳躍到另外一隻松鼠身上，只要是活物，就能幫助它移動。」南森解釋道。

「它能控制松鼠的移動嗎？比如說它像去泰晤士河邊，駕駛着……松鼠，就像騎馬那樣。」

「可以借助松鼠的移動，操控松鼠的行進也是可以的，但是這樣會耗費它的魔力。」南森說，「那個老人說看見松鼠直立行走，其實就是它當時在控制被附身的松鼠，否則松鼠可不會直立行走。」

「噢，我明白了。」派恩腦子裏想着魔怪控制松鼠的樣子，點點頭。

「博士，如果它跳到松鼠身上的時候，或者控制松鼠移動的時候，或者操縱雕像的時候，也就是它主動做出動作了，那這個時候能被探測出魔怪反應吧？」海倫問了一個問題。

「是的。」南森點點頭。

「可是我們在雕像那邊布置着幽靈雷達呢，怎麼一直沒有反應？」海倫有些疑惑，「我想它雖然不在基地裏，但不代表它最近沒在這邊活動過。」

「這個我想過，也測算過。」南森指了指公園那邊，「墓地距離公園外牆將近一百五十米，雕像距離公園外牆

二百多米，將近四百米的距離，剛好是幽靈雷達探測的邊緣區域，中間又隔着雕像、樹林，還有這座博物館，探測信號被遮罩住了。」

「啊，我明白了。」海倫恍然大悟。

「我和博士都有發現，墓地下面是六具棺木，而墓碑只有五塊，也就是説，有一個死者的身分我們沒有確定呢。」保羅説，「有墓碑的五個人，查不出什麼，這個沒有墓碑的……要是查查，也許能查出些什麼。」

「噢，都是十二世紀的人，能查到什麼呀？」本傑明對這點明顯不感興趣，「是誰都不重要，反正也查不出什麼。」

「嗯，我看查不出什麼，查出來也沒什麼用。」派恩跟着説，他看了看本傑明。

「本傑明、派恩。」南森認真起來，「作為一個魔法偵探，不能放棄任何的機會，甚至是任何的一個細節，重大的線索往往是從這裏來的，所以，這個線索不能中斷，我們要去查一下，去市政管理處查，墓地算是古跡，日常維護歸他們那裏管，也許能查到有關線索。簡單説，如果能確認墓地裏的被埋葬者有冤死或暴死之人，那麼魔怪的源頭就能基本確定了，否則目標範圍就太大了。」

「好的，我明白。」本傑明有些不好意思，「我可能有些想要偷懶。」

「魔法偵探，手腳勤快，是成功保證呀。」南森説着拍拍本傑明的肩膀，又看看派恩。

派恩也點了點頭。不過，此時海倫看着四周，想到了什麼。

「博士，萬一那個魔怪回來，我們在雕像那裏設置的幽靈雷達還是發現不了呀。」海倫説，「可以在基地這邊再放一台，但是這邊都是空地，很難隱蔽一台幽靈雷達呀。」

「海倫想得很全面。」南森誇讚地説，他稍微想了想，「本傑明，你和派恩去把雕像那裏的幽靈雷達拿到公園西側的圍牆邊，找個地方藏好，這樣雕像那裏和基地這邊，全都在雷達的探測範圍裏了，尤其是基地這裏，我們目前的方向，已經轉移到這裏了，這是一個源頭，那雕像不過是霧狀幽靈當時依附的一個物體。」

本傑明和派恩一起去重新放置雷達了。南森和海倫直接去了停車場，等在那裏。沒多久，本傑明和派恩回來，他們把幽靈雷達放在公園圍牆邊的一棵樹的樹洞裏，本傑明還確認過，那裏沒有住着松鼠等小動物，這樣放置在高處的幽靈雷達，探測距離更遠，還能有效地防止遮罩。

第七章 古老的「報紙」

他們開車去了倫敦市政管理處，到了管理處，南森找到了管理處的相關辦事員，直接説明了來意，他請求查找資料，這事關一宗重大的案件。

接待他們的辦事員是佩麗女士，聽了南森的來意，非常重視，她知道南森，聽説發生了這樣一宗案件，也感到很是震驚。

「有關那塊墓地墓碑的事，我要去查一查，你們要等一會了。」佩麗女士説，「請放心，被納入古跡範圍的地方，我們都有詳盡的登記。」

「謝謝，我們可以等，我們需要墓碑上的文字，確定墓主人是誰，我們已經知道了另外五個墓主人的名字。」南森略有擔心地説，畢竟那是十二世紀的墓地，距離現在時間太過久遠。

「請放心。」佩麗微微點點頭，轉身走了。

南森他們焦急地在佩麗的辦公室等着，如果這條線索中斷，也就是説什麼都查不到，他們將無法最終確定霧狀

幽靈就是出自於那塊墓地，單一源頭變成多個未知源頭，此案的複雜性就可想而知了。倫敦太大了，去哪裏找這樣一個霧狀幽靈呢？而且有可能這個霧狀幽靈都不是倫敦的，是個外來的，那就更難找了。

十多分鐘後，佩麗女士拿着兩張紙走了進來，海倫從她略帶笑容的表情，察覺出她的興奮，佩麗女士一定查到了什麼。

「那塊墓碑，五十多年前斷裂了，原因是時間久遠，加上石材選料很差。」佩麗女士説，她看出了南森他們的焦急，「因為不適合再豎立在那裏，被管理處古跡保護組的人送到保護倉庫了，保護倉庫在郊外，你們可以親眼看到墓碑，不過你們只想要上面的文字資訊，我們這裏有拍攝照片，我列印了兩張給你們，字跡比較清晰，這些資料也被倫敦圖書館地方史料部收集走了……」

「太感謝了。」南森很激動地接過那兩張列印紙，「阿普頓……1161年至1191年……」

列印紙上，有斷成兩截的墓碑的照片，照片一共兩張，拍攝角度不同，但是文字都很清晰，照片上還有編號，市政管理處的古跡保護工作顯然很完善。

「這個人只活了三十歲呀。」海倫看着照片，感慨地

說。

「我來查查這個人有沒有歷史記載……」保羅說道。

「噢，你可以查，可愛的保羅。」佩麗女士笑笑，她也知道保羅這隻全能型的機器狗，「不過可能查不到，因為……」

佩麗女士一副欲言又止的樣子，看起來她是不想打擾保羅的查詢。

「博士，這個阿普頓的資訊也查不到……」保羅有些急切地說。

「你的資訊是通過和倫敦圖書館地方史料部或大英博物館地方史料部網站查詢的吧？」佩麗女士對保羅說。

「是的，這兩個部門的地方史料最全，我就是搜索他們發布出來的資訊。」保羅說。

「最全是一定的。」佩麗點點頭，「但是他們也是邊整理邊發布的，他們發布出來的地方史料，目前可能連他們收集到的一半都沒有，整理這些史料可是一個浩瀚的工程。」

「你是說……」南森接過話，問道。

「這個人的資料，可以去倫敦圖書館的地方史料部查詢一下，也許能找到什麼。他們那裏的倫敦城市史和倫

敦古代民情的史料收集得最多，我剛才看了這份資料的編號，同樣的資料十多年前就給了他們，他們會把相關資料都合併在一起，不過這些整理出來的資料相當多的都還沒有在網上發布，從整理完畢到發布，最長的可能有將近十年的時間，所以可以親自去他們那裏查閱已整理出來但還未發布的資訊，我知道他們有內部查詢的系統，可能會查到什麼。」

「謝謝，非常感謝。」南森很是感激地説，「我們這就去。」

南森他們離開了市政管理處，連忙前往倫敦圖書館。他們找到了圖書館地方史料部的管理員拜爾德先生，拜爾德知道他們查找資料是為了破案，也很是配合，直接把他們帶到了資料庫的外面。

資料庫外是一個開放式的辦公室，有大概十張辦公桌，每個辦公桌的後面，都坐着一個人，桌子上則堆滿了各種書籍資料，所有的人都低頭認真工作，一看就是一個很有學術氣氛的研究機構。

「我們這邊人手不足，一直在申請增加研究人員。」拜爾德的語氣有些無奈，「噢，你們可以在沙發那裏坐一會，我這就進庫房給你們找資料，你們要稍等一會了。」

　　拜爾德隨後向資料庫房走去，南森他們在辦公區前的沙發那裏坐下，等待着拜爾德出來，他們連大氣都不敢出，唯恐打攪到那些研究人員。

　　他們等了有二十多分鐘，拜爾德先生終於出來了，他出來的時候，戴着手套，端着一個托盤，他走路都小心翼翼的。

　　南森他們全都站了起來，看到拜爾德端着托盤出來，他們意識到一定是有了發現。

　　拜爾德把托盤放到一張桌子上，托盤裏有一張發黃的紙片，比一般的列印紙稍大一點，上面全是漂亮的文字，紙張發黃，文字卻很黑，看得很清楚，不過上面的字母海倫他們都不認識。

　　「南森博士，這上面的一段文字，你們一定感興趣。」拜爾德介紹説，「啊，這是十二世紀通用的羊皮紙，單面，文字是中古英語，和現代的不一樣，所以你們看不懂。這是一份當時的……報紙，你們可以這樣理解，記述了一些當時的社會新聞、奇聞異事，有人寫出來後，出售給貴族和有錢人，被當做閒暇時的閲讀物……這上面説，倫敦城郊外，一個叫西林爾的村子，有個叫阿普頓的人，和哥哥爭奪家產，多拿多要，被哥哥當眾斬殺。根據考古發現，西林爾就在現在的荷蘭公園那裏，而這上面説，阿普頓死亡時才三十歲，這份『報紙』正好是1191年出版的，所以你們要找的阿普頓，應該就是報紙上介紹的這個人，而且阿普頓是一個很特殊的名字，當時的倫敦人數不多，郊外人就更少了，不可能是重名巧合。」

　　「被當眾斬殺的，這算是暴死呀。」海倫聽着激動起來，「這人是可能轉化為怨靈。」

　　「其他人的資料有沒有？」南森也有些激動，連忙問，「就是另外五塊墓碑上的人。」

　　「他們的資料沒有查到，不過這塊墓地是個家族墓地，阿普爾和墓地裏的其他人都有血緣關係。」拜爾德説，「阿普爾應該是這個家族最後一位被埋葬進這塊墓地

的成員，進入十三世紀，該家族似乎遷離了倫敦，我們的資料也不是很全面，而且這是一個普通家族，如果不是爭奪家產被殺，阿普頓也不會被寫到當時的社會新聞上去，關於這個家族在十三世紀的資料，我們這裏只有一點，不過這時你們查的阿普頓已經死了。」

「明白了，明白了。」南森點着頭，隨後環視着大家，「阿普頓的死因是爭奪家產，還多拿多要，這不是什麼很光彩的事，所以埋葬他時，選用的基碑材質也差，約一千年過去了，其他人的基碑還好，他的卻斷裂了。」

「這可幫我們找到了源頭，找到了原因了……」派恩説着似乎要用手去觸碰那張「報紙」，海倫連忙攔住了他。

「如果要拿起來看，需要戴上手套。」拜爾德微笑着對派恩説，「這可是十二世紀的古籍，非常珍貴，一般我們這裏只提供影印件，因為你們要找破案的線索，所以我把原件拿出來了。」

「我就是看看，真起了大作用了。」派恩有些不好意思地説。

「非常感謝，拜爾德先生，你可是幫了大忙了。」南森説，「啊，這份資料，拍照可以吧……」

「你請……」拜爾德做了一個手勢。

保羅被抱上桌子，對着那份羊皮紙拍照，他的系統裏，儲存了中古英語和現代英語的翻譯對照，能夠讀出羊皮紙上的內容。

離開了倫敦圖書館，南森他們開車先回了偵探所，他們拿到了至關重要的證據，回去後要疏理一下思路，因為那個魔怪——現在可以叫它的名字阿普頓，這個阿普頓並不在墓地裏，去向不明，下一步就是要確定去什麼地方抓它，因為它自身的移動能力很差，所以南森推斷它不會離墓地太遠。

回到偵探所，南森立即打開了電腦，調出荷蘭公園以及周邊地區的地圖，仔細地搜索着，看看阿普頓可能的去處。

「本傑明，你這是幹什麼——」保羅埋怨着，他被本傑明抱到了窗台上，想往下跳，但是被本傑明攔住。

「公園牆邊那個幽靈雷達在工作着，如果發現魔怪，發送回來信號，這裏的信號好，你能馬上接收到。」本傑明解釋着。

「幽靈雷達發回來的信號是通過無線傳輸方式傳過來，不是探測魔怪那種直線發射信號方式，所以不存在什

麼遮罩，這個你還不懂？」保羅說着還想往下跳。

「我懂，我就是擔心。」本傑明攔着保羅，「萬一傳輸故障……反正你在哪裏待着都是待着，就在窗台上趴一會吧……」

海倫沒有阻攔本傑明，她知道本傑明這樣是緊張造成的。其實海倫也緊張，魔怪的源頭明確了，甚至連名字都知道了，但是魔怪還在外面飄盪着，而且現在馬上就要天黑了，在外遊蕩的魔怪，極有可能在某種刺激下，又製造一宗案件。

「沒有移動能力，還在外面飄來飄去的，哪來這麼大的活力。」派恩抱怨着，「到哪裏去找這個傢伙呢？」

「你別喊，博士在查呢。」海倫叫派恩小點聲。

派恩吐吐舌頭，不再說話了。那邊，南森已經從座位上站了起來。他剛一站起來，小助手們一起圍了上來，保羅也從窗台上跳下來，走到南森身邊。

「從今晚開始，我們應該就去荷蘭公園那邊值夜了。」南森非常嚴肅地說，「新的案件隨時可能發生，我們要在新的案件發生前阻止，已經見到鮮血的魔怪，增大的不僅僅是魔力，更多的魔性，對惡魔來說，殺戮是會上癮的。」

「博士，你找到魔怪的去處了？」派恩着急地問。

「沒有，我查了荷蘭公園周圍的區域，沒有適合阿普頓藏身的地方，不過大家放心，我剛才還查閱了有關霧狀幽靈的資料，獲得身形之前，如果它被埋葬的地點沒有被發現，霧狀幽靈是不會輕易遠離那裏的，它會一直把那裏當做自己的巢穴，甚至在擁有身形之後。」南森說，「現在，那塊墓地就是魔怪的巢穴，這已經被我們發現，但是魔怪並不知道，所以情況仍然對我們有利。」

「魔怪還會回去？」派恩繼續問，「是這樣吧？」

「是一定會回去，也許是今晚，也許是明晚。」南森看看派恩，又看着大家，「關鍵是它藏身在墓地，反倒容易抓捕，但是它遊蕩在外，可能作案，回墓地的路途中都有可能作案，這是非常危險的。」

小助手們互相看看，都覺得南森說得很對。

「今天開始，我們在那裏值夜。」南森看了看窗外，「天快黑了，公園也快關門了，我們去公園外，守在我的車裏。夜晚休息時間，十點到兩點，我和派恩值班，兩點到六點，海倫和本傑明值班，老伙計整夜值守，六點以後，天慢慢亮了，它作案的概率就幾乎沒有了。」

大家立即行動起來，他們檢查了幽靈雷達，海倫帶上

了四枚備用的追妖導彈。派恩拿出一個帳篷，說是晚上要睡在帳篷裏，被本傑明一陣奚落，說他想借機露營，不是專心去抓魔怪，派恩這才作罷。

　　南森看到天色漸暗，因為特納被殺就是發生在天剛剛黑的時候，所以為了預防新的案件發生，他們準備好後，就開車去了荷蘭公園。南森把車停在了公園西側的道路上，基本位於伯利森男爵雕像和墓地中間的位置。雕像被公園的外牆擋着，外牆裏面的樹上，就是幽靈雷達的安放處。此時幽靈雷達默默地工作着，捕捉着信號。

第八章 鴿子襲擊

到了以後，保羅先下了車，向四周發射探測信號。此時是晚上五點半多了，天基本黑了下來，不過公園還沒有關門。南森停車的這個位置，白天人就很少，晚上基本就看不到行人了，而且這裏距離街道也比較遠，幾乎聽不到街道上車來車往的聲音，在這樣一個繁華的大都市，這裏倒是一處安靜的地方。

保羅特意向墓地那裏發射了探測信號，儘管幽靈雷達的信號覆蓋了那裏，但是保羅還是不放心，當然，他也沒有搜到任何的魔怪反應。

南森下了車，他在公園邊的人行通道上走了走，看着四周的地形，如果公園裏發現魔怪，他們能迅速跳過圍牆進入，如果魔怪回到基地，他們也能快速包抄過去和抓捕它。

「都怪本傑明，要是我把帳篷拿來，還能在裏面躺着呢。」派恩在車裏，抱怨地說。

「你還要把電視機、電腦都拿來，擺在帳篷裏，還

要那一些烹飪設備，也擺在帳篷裏，這樣你就能在裏面度過餘生了。」本傑明嘲弄又不客氣地說道，「你真不覺得在公園外面搭個帳篷很不合適嗎？魔怪要是發現，會怎麼想？」

「也許能吸引它上鈎呢。」派恩理直氣壯地說。

「噢，你去和博士說吧，看看博士同不同意。」本傑明很是不耐煩地擺了擺手。

「來都來了，我不去說。」派恩知道博士不會同意，所以不可能去說。

「好了，你們兩個，不要吵了，在車裏守着很好的，晚上也不冷。」海倫說完看了看本傑明，「晚飯也沒吃就來了，本傑明，你和我去買點速食……」

「我要新出的那款漢堡，飲料要多放冰塊。」派恩立即說。

海倫和本傑明去附近的速食店買吃的，南森則坐回到車裏，他低頭看着保羅列印的荷蘭公園的地圖。

「保羅，進來——」派恩揮手招呼着在外面的保羅，並打開了車門，「和我說說話，吵嘴也行，本傑明不在……」

「噢，你可真是夠閒的。」保羅說着跳上了車，「真

應該把帳篷帶來，讓你一個人住進去⋯⋯」

「保羅，你上次説過的本傑明的糗事還沒説完呢，他真的把博士的實驗魔法劑當糖塊吃了？兩隻耳朵都變長了嗎？」派恩興奮地問，他説話的時候眉飛色舞的。

「一隻，是一隻耳朵變成了⋯⋯」保羅也興奮起來，「那樣子真是令人難忘，誰讓他嘴饞的，不過和你一比，他算是不喜歡吃東西的。」

「和我比？你説我嘴饞嗎？我沒有覺得呀⋯⋯」

「你還不饞⋯⋯」保羅比劃着説，忽然，他一愣，表情嚴肅起來，「博士，那傢伙來了——」

南森聽到保羅的這句話，立即把地圖放到了旁邊的座位上，推門下車。派恩聽到這話先是一愣，他沒想到魔怪會來得這麼快，不過他隨即作出反應，抓起幽靈雷達，推門出來。

「還是雕像附近。」保羅指着公園裏説，「它好像依附在活物身上，似乎還是松鼠⋯⋯」

雕像那裏，警方已經收起了警戒線，也不再安排警員值守，還讓人清理了雕像身上的血跡、警方勾畫的死者身形等。那裏就和以前一樣。

南森、派恩和保羅各唸魔法口訣，穿牆進入了公園

裏。雕像那裏距離公園圍牆有二百多米，南森快速向那邊跑去。

海倫和本傑明不在，他們無法展開包抄隊形，只是向魔怪反應發出的地方前進，保羅跑在最前邊。

「啊呀——啊呀——」一聲驚叫聲傳來，是一位女士的喊聲。

有人遇襲，南森心裏一驚，急忙加快腳步，並且做出了攻擊準備。

「怎麼回事——」一個男聲傳出。

南森飛快地趕到，只見就在雕像不遠的一條小路上，有個女士驚恐地站在那裏，完全不知所措，另外有三個男孩子，看上去像是高中生，正在她身邊警惕地看着四周。

此時，魔怪反應全都沒有了。保羅對着四邊連續發射探測信號，但是沒有找到什麼。

「發生了什麼事？」南森衝過去就急切地問，因為失去了魔怪目標，只能先進行詢問了。

「啊，我知道你，我看過電視，你是南森博士。」三人中個子最高的男生驚喜地看着南森，「你怎麼會在這裏……」

「我也看過電視……」另一個男生也興奮地喊道，

「哇，還有機器狗保羅……」

「剛才發生了什麼，我聽到了喊聲。」南森對他們點點頭，此時他急切地想知道事情經過，因為魔怪很可能還在附近。

「是我，我從這條路走過，一隻鴿子飛過來，飛到我的肩膀上，啄我的脖子，我就叫了起來。」那位女士四十多歲，「我嚇死了，還好這三個男孩從這裏經過，幫我趕跑了那隻鴿子。」

「一隻鴿子？」南森皺着眉，他看看三個男孩，「你們看見是一隻鴿子在襲擊人嗎？」

「是呀，我親眼看見了，有隻鴿子要用嘴啄這位女士，我們就跑了過來……」高個男生很是興奮，「請問南森博士，鴿子是魔怪嗎？」

「這個不能確定。」南森看着那個男生，「那鴿子呢？」

「飛走了，我們一來就飛走了，牠居然還敢襲擊人，我們只要隨便那麼一抓就能抓到牠。」高個男生滿不在乎地說。

「你們很勇敢……那隻鴿子有什麼異樣嗎？是普通的鴿子嗎？」南森又問。

「就是那種城市裏的鴿子呀，天黑，借着路燈看到的，很普通的鴿子。」高個男生説完看着保羅，「嗨，保羅，能和我説話嗎？」

「你們很勇敢。」保羅突然説道。

「哇——」三個男生立即蹲下來，把保羅圍住，有一個還想去抱保羅，被保羅躲開了。

「你是來公園遊玩的嗎？已經很晚了。」南森看着那個女士，問道。

「不是，我家在前面那條街，我趕在公園關門前從這裏穿過，回家去。」女士指着公園的北面説。

「我們住在那條街上。」高個男生指着南邊的街，「我們也要在公園關閉前穿過公園回家，否則就要繞路了。」

南森點點頭。這種城市中的公園，對於遊客來説，是一處遊覽之地，但是對於當地居民來説，更具有功能性，例如穿越公園走捷徑。

「這些天，這裏不是很太平……」南森想了想，説道。

「我知道，有個人在雕像那裏遇害了。」女士説道，「警方正在追查這件事。」

「所以你們盡量離這裏遠一些。」南森很是警惕地看着四周，「尤其是天黑的時候。」

「南森博士，我知道了，這裏發生的兇案是一宗魔怪案件吧？鴿子就是兇手，噢，我們剛才遇到的鴿子是魔怪。」高個男生說，「博士，你快點教給我們一些魔法吧……」

「你們快回家去，這邊的事，我們會處理。」南森看看那位女士，「如果沒有受什麼傷，你也快點回去吧，公園馬上就關門了。」

三個男生和那位女士都走了，南森則站在原地，思考着什麼。

派恩走到小路外的草坪上，草坪上有幾棵樹，他用幽靈雷達探測着四周，沒有發現什麼。

派恩回到南森身邊，保羅在南森身邊不遠處，一直看着天空，像是要找到那隻鴿子。

「這片區域，進入傍晚就要封閉起來。」南森看看派恩，「這裏距離墓地不遠，魔怪可能在這邊遊蕩，看準機會，可能就作案。」

「博士，我剛才探測到的那個魔怪反應，開始是在地面上的，後來飛了起來，我們趕到前，魔怪反應就不見

了。」保羅走過來說，「一下就不見了，距離這麼近，應該是能捕捉到魔怪反應的，但是忽然就不見了。」

「我剛才也搜到一個魔怪反應信號，不過很快就沒有了。」派恩跟着說。

「這並不複雜。」南森開始了分析，「魔怪這次鑽進到一隻鴿子的身體裏，並操控着鴿子走動，如果僅僅依附不做動作，那麼不會出現魔怪反應，操控鴿子走動，就產生魔怪反應並被保羅捕捉到。我們趕過來的時候，魔怪操縱着鴿子襲擊那位女士，但是突然出現的三個學生，使得它不得不中斷攻擊，它畢竟是霧狀幽靈，一次對付不了這麼多人，所以停止攻擊後，鴿子當然飛走，它跟在鴿子身體裏也就飛走了，而且不產生魔怪反應，保羅搜索不到，幽靈雷達也是。」

「嗯，我明白了，應該是這樣的。」派恩點着頭，他剛才很是激動，以為能抓到魔怪了。

兩個影子忽然一閃，派恩一驚，準備迎戰，但隨即看到是海倫和本傑明，派恩恢復到常態。

第九章　派恩去哪裏了

「博士，怎麼了？怎麼到這裏來了？」海倫走上前，急着問。

「你們怎麼找到這裏的？」派恩反過來問，「魔怪都跑了，你們也來了。」

「買好速食回到汽車那裏沒看到你們，車門還開着，我就用幽靈雷達搜了一下保羅的位置，就找過來了。」海倫解釋說，「怎麼？發現魔怪了？」

「跑了。」派恩很是懊惱地說，「你們走後沒多久，保羅發現這裏有魔怪反應……」

派恩把剛才的事情經過講給了海倫和本傑明，他倆聽後都覺得很是吃驚。博士的夜晚值守計劃真是太及時了，阻止了一次新的魔怪襲擊事件，同時還可以發現，魔怪阿普頓就在這一帶活動，它還是利用夜晚公園關閉前的短暫時間，借助天黑，襲擊單獨的行人，只不過這次突然出現的人使得它放棄了攻擊。

「博士，我想魔怪沒有發現我們吧，這次是那三個學

生突然出現，它就逃走了。」海倫問。

「是呀，我們趕到之前，魔怪反應就消失了，三個學生的出現干擾了它的攻擊，它隨着鴿子飛走了。」南森若有所思地說，「我們還有機會，它不知道我們在找它，如果剛才它發現我們，而我們又沒有抓住它，可能就遠走高飛了。」

「我們繼續值守嗎？」本傑明謹慎地問道，「還是想辦法找到它的蹤跡，追蹤抓它？」

「值守是必須的，目前看它還是會出現在這個區域，它應該是想回到墓地那裏，即便是成形後，墓地那裏都會被它視作老巢。」南森說，他在思考着什麼，「要是能找到它的蹤跡，那最好，省得我們這樣被動地等下去，但是我們手上的線索實在不多，這種無形的霧狀幽靈的魔怪反應又最不易捕捉……」

南森他們離開了公園，回到汽車裏。他們要在這裏繼續值守，等着魔怪再次出現。他們簡單吃了些速食，派恩餓了，吃得狼吐虎嚥，南森明顯在思考着什麼，吃得不多。

夜晚的荷蘭公園，非常寂靜。此時公園的幾個大門已經全部關閉，倒是不用擔心有人在裏面遇襲了。公園裏有

所「動作」的，就是在微風吹動下搖擺的樹枝。公園關閉後，裏面的路燈也隨之關閉，整個公園一片漆黑，更加寂靜。公園外的路邊，路燈有些昏暗地揮灑着亮光。南森的老爺車停在路邊，周圍是一片寂靜，這裏沒有民居，沒有一個行人走過，南森他們坐在車裏，看着外面，全都不説話。

晚上九點多，大家的精神還都很好，也沒到休息時間。南森在裏面坐得實在很悶，他一直想着怎麼能找到魔怪，而不是被動地等。

「我出去走走……」南森説着推門下車，「你們要是覺得悶，也可以下來走走。」

「博士，我和你去。」保羅説着跳下了車。

「我還是在這裏等吧，外面有點冷呀。」派恩靠在後排的座椅上，一副很無奈的樣子，他笑了笑，看了看墓地那邊，「等着吧，説不定一會那傢伙就回家來了，希望它帶了家門的鑰匙……」

南森下了車，沿着街道向南走去，保羅連忙跟在他的後面。

「這附近有沒有鴿子聚集的地方？」南森邊走邊問。

「噢，博士，你是説那傢伙依附在鴿子的身體裏逃

95

走，鴿子也許回到鴿羣，是這意思吧？」保羅反問道。

「是呀，它逃走是附在鴿子體內的。」

「可是這事情有些複雜，首先，它能在不同的活體中跳躍，也許它跟着飛了一段時間，鴿子落地，它又鑽到一隻松鼠或者老鼠的身體裏去，甚至是現在市區中能常見到的狐狸。」保羅説，「另外，全城的鴿子都有自己的棲息地，荷蘭公園這邊也一樣，但是這附近一定有多個鴿羣，誰知道那隻鴿子是哪個鴿羣的呢？」

「這倒是。」南森邊走邊説，他只是沿着街走，其實沒有具體的目的地，「這個方向可能性太廣，或者説這不是一個正確方向。」

説着，南森一轉身，看着旁邊一條街道上來往的車輛。

「我們去那邊看看……」南森説着就向前走去，保羅則快走幾步，走在了南森的前面。

旁邊的街道和公園西側的街道是並排的，更寬一些，偶爾也有汽車經過。南森走到那條街邊，向左看看，墓地就在街道的對面，斜對着南森這邊。

「那傢伙，在哪裏呢……」南森自言自語道。

「唰──」的一聲，一輛汽車飛快地駛過，行車聲短

暫地打破了這邊的安靜。南森看了看手錶。

「上半夜的值守就要開始了，希望午夜的到來，這邊能有所動靜……」

南森的希望落空了，上半夜到下半夜，一切安安靜靜，什麼都沒有發生。早上六點半，天已經發亮了，魔怪沒有出現，他們這晚的值守也結束了。

南森上半夜值守，下半夜在車裏睡着了。六點半多，南森已經醒了，快七點的時候，一輛警車開到了公園的南門，兩位警員從上面下來，隨後都站在公園南門的門口。他們在等公園開門，這個公園早上七點開門。

「麥克警長很準時呀。」南森他們在公園的西側，看到警車向南門開去，「按照昨晚說好的，公園南部的伯利森男爵雕像區域，要再次封閉起來，白天就封閉，天黑前我們過來，警員們撤走。我們要確保一個行人都不出現在這裏。」

「白天魔怪不會出來的。」本傑明說。

「應該不會。」南森點點頭，「關鍵是我們和警方交接的時間段，那時候天已經開始暗了，晚上我們早點來。現在我們回去。」

「派恩，我們回去了……」本傑明對身邊的派恩說，

派恩一直都沒有醒，身體斜下來，呼呼大睡着。

「本傑明——」海倫連忙制止本傑明，「你叫他幹什麼？我們回去，就讓他睡吧。」

「我只是覺得他的睡姿很優雅……」本傑明聳聳肩，「噢，再斜一點乾脆躺在座椅上，把我擠出去算了……」

「嗯……你們説什麼呢？吃早餐了嗎？」派恩閉着眼睛説，他似乎被吵醒了，「等我再睡一會，海倫，麵包要烤得再焦一些……」

「哎，就這個樣子……」本傑明憂鬱地看着派恩，搖了搖頭，「怎麼抓魔怪呀？」

南森他們回到了偵探所，派恩一直睡着，他們到了以後也沒有叫醒派恩，讓他在車裏睡。白天，南森他們知道魔怪不會出現，更不可能對人展開攻擊，不過晚上，他們還是要去值守的，他們絕對不能在偵探所裏等，如果幽靈雷達發現魔怪反應，從發現魔怪再到他們趕過去，一宗案件都結束了。

回到偵探所後，南森叫海倫他們去休息，海倫説她這時還很精神，本傑明則説怎麼也要吃了早飯再去休息。海倫跑進廚房，沒多長時間，就給大家做好了早餐，包括派恩要的那烤得很焦的麵包。

海倫招呼大家吃早餐，忽然，她看了看四周，覺得少了誰。

「噢，派恩，這傢伙還在車裏睡呢。」海倫說着就向外跑去，「要把他叫起來了，都八點多了……」

海倫跑到外面，直接來到老爺車邊，看都不看，就用手敲了敲車窗。

「別睡了——起來了——」海倫說道。

根本就沒人理睬海倫，海倫稍稍彎腰，向車窗裏看去。

老爺車裏，沒有派恩。

「嗯？」海倫一愣，老爺車就停在偵探所門口，她下了台階直接來到車邊，派恩不可能回到偵探所裏，「跑哪裏去了？」

　　海倫一摸口袋，手機也沒帶出來。她連忙跑回偵探所，拿起了桌子上的電話，開始撥號，同時看着好奇的博士。

　　「派恩不知道跑到哪裏去了，車裏沒有。」海倫邊撥號邊説。

　　「噢——被霧狀幽靈抓走了——」本傑明高聲地説，「哈哈，這下他可慘了——」

　　「本傑明，不要鬧。」海倫邊忙説，這時，電話裏傳來一個聲音，海倫皺了皺眉，放下電話，「説用戶沒有開機，轉去了留言信箱。」

　　「噢——電話也被霧狀幽靈沒收了——」本傑明繼續興高采烈地叫道。

　　「快吃你的飯。」海倫説着走到門口，向外面張望，「跑到哪裏去了？」

　　「過來吃飯吧。」南森説道，「他跑不遠的，也許去了超市。」

　　「嗯，也是，他總是買些莫名其妙的東西。」海倫説着走向餐桌。

　　「他會回來的，概率是百分之百。」保羅搖着尾巴説，「這是我最新統計的結果。」

「會回來的，但是回來的時候最好把多話的毛病丟在外面，不用帶回來了。」本傑明看看大家，假裝很認真。

「本傑明，我覺得你對派恩有不小的成見。」海倫說，「就像以前對我那樣……」

「他對我有成見好不好？」本傑明聲音放大了，「再說以前也是你對我有成見……」

「不，以前是你對我有成見——」海倫的聲音也加大了。

「噢——派恩快回來吧——」保羅捂着耳朵，「他倆吵起來會沒完沒了的，我彷彿回到了以前……」

南森聽到這話，苦笑起來。隨後去制止兩個小助手的爭執。

這時，門鈴突然響了，南森連忙站起來去開門，本傑明和海倫也停止了爭執，看着大門。南森把門打開，派恩跑了進來。

「派恩，手機怎麼關機了？跑到哪裏去了？」海倫看見派恩進來，立即問道。

「在車上睡覺前就把手機關機了，省得被打攪，反正和你們在一起呢。」派恩坐下來，直接拿桌子上的麵包吃，海倫一掌打過去，打在派恩的手上，讓他去洗手，派

恩只好去廚房洗手,「我在車裏睡,後來醒了,就出了汽車,剛出來就聽見消防車的聲音,我看見兩輛消防車從街上開過去,就跟過去看了……」

「着火了嗎?」南森立即問,「在那裏?剛才我也聽到消防車的警報聲了。」

「就是街角轉彎那邊的雜貨店,不過沒什麼事,店舖還沒開門,裏面也沒有人,路過的人看見有濃煙出來,立即報警,消防車來了三輛,很快就撲滅了火,也就是燒壞一些貨品。」派恩説,「起火原因我倒是不知道,我去的時候還有一些煙冒出來,火已經撲滅了。」

「噢,那就好。」南森説。

「你就是愛湊熱鬧。」海倫說道，「快點吃早餐吧……」

「這個你根本就不用催的。」本傑明笑着說。

派恩這回沒和本傑明對吵，他已經抓起麵包，大吃起來。南森這時走到了窗邊，他的早餐其實還沒有吃完，他看着窗外，似乎在想着什麼。

「博士……」海倫小聲提醒南森把早餐吃完。

「噓——博士在想事情。」保羅連忙做了個噤聲的動作。

海倫連忙點點頭。這時，南森忽然轉過身子，來到派恩身邊，他似乎有點興奮。

「派恩的發現好呀，提醒了我，有辦法了……」

「啊？有辦法了？是呀，多虧我的發現呀，太好了……」派恩猛吃一口，隨後看着南森，「我的發現是什麼？我的發現有很多……」

「煙，店舖裏有煙冒出來。」南森揮着手臂說，「晚上，我們能把那個霧狀幽靈給調出來，沒錯，就用這個辦法——」

「博士，你有辦法了？」海倫非常高興，「快說呀，什麼辦法？」

第十章　濃煙升起

白天的時候，整個偵探所裏非常安靜，大家養精蓄銳。晚上，他們將按照南森的布局，進行一場大誘捕。下午五點多，天剛有些暗，他們就來到了荷蘭公園。南森的車還是停在公園西側的牆外，保羅和海倫對周邊進行了搜索，沒有發現魔怪反應。

南森他們來到後，警方人員撤走。荷蘭公園的南部區域已經被警戒線封鎖起來。南森他們等保羅對整個區域搜索完畢後，來到墓地那裏，南森查看着地形，他向公園那邊望了望，一切都在他的構想之中。他們來之前，已經把南森的計劃推演了兩遍，做到萬無一失。

天漸漸地黑下來，六點一到，公園準時關門。荷蘭公園裏完全安靜下來。南森他們坐在車裏，小助手們一直都很是興奮。

海倫和本傑明去買了晚餐，他們在車裏吃了晚餐。派恩不停地看自己手機上的時間，他們的計劃準備在晚上十點開始實施，此時距離十點還很早。

「……一定能成功，一定能……」派恩有些坐立不寧的，他又看了看手機，還不到八點，「本傑明，到時候你不要慌張……」

「你是説像你這樣嗎？」本傑明嘲弄地問，儘管他也很興奮。

「我慌張嗎？笑話！」派恩扭着身子，「我這是緊張……」

南森坐在前排駕駛座上，腦子裏想着種種可能發生的事，以及如何應對。他決定使用主動的辦法，只是在這裏被動等下去，不知道什麼時候才能抓住那個霧狀幽靈。

時間一點點過去，晚上九點半多，一輛警方派出的貨車開到了墓地那裏，麥克警長親自送來一個油桶，油桶是盛裝汽油的，不過油桶沒有蓋子。麥克警長和一個警員把油桶抬下來，放到墓地前的街邊。一個警員往裏面倒了很淺的一層汽油，還扔了一些木棍進去。

南森帶着幾個小助手走了過來，麥克警長看到他們過來，招了招手。

「就這麼一點汽油和木柴，夠不夠？」麥克警長有些不放心地問。

「完全夠了。」南森笑了笑，「抓魔怪要緊，但也要

105

注意環境保護，燃油和木柴太多，燃燒產生的濃煙也會污染環境。」

「明白。博士，你想得可真是周全。」麥克警長點着頭說，「啊，消防車在九點五十五分會準時布置到位，一共會來四輛消防車。」

「很好。」南森説着向馬路上看看，「周邊警戒要靠你們呢。」

「這個請放心，我們這邊全部布置完畢了。」

他們説着話，派恩在一邊不停地看時間。不一會，四輛消防車開了過來，消防車並沒有拉警報，麥克警長指揮它們停在油桶周圍，呈現出一個方形，把油桶圍在了中間。

南森看了看時間，馬上就要到十點了，他看了看海倫和本傑明，點了點頭。

海倫和本傑明立即向公園那邊跑去，四周無人，他倆飛身就越過了公園的圍牆，跳進公園裏。隨後，兩人向公園南部伯利森男爵雕像區域跑去，海倫隱蔽在一棵大樹後，距離雕像三十多米，本傑明隱蔽在一排長椅後，距離雕像有六、七十米的距離，他倆都用幽靈雷達掃描着四周。

「博士，我已經到位。」海倫的聲音從南森的耳機中傳出。

「博士，我已經到位。」緊接着，本傑明的聲音也傳出。

「好，行動展開。」南森説道，他看看麥克警長，點了點頭。

一個警員把一根火柴扔進油桶裏，裏面的汽油頓時被引燃，火苗開始竄動，隨即，木材也被點燃，一些煙霧從油桶裏升起。

南森走到油桶邊，讓麥克和派恩後退了幾米，他看着燃燒起來的油桶。

「烈焰翻騰——」南森説了句魔法口訣，隨後雙手張開，猛地推向油桶。

南森的雙掌推出了一團火焰，火焰撲到油桶上，頓時，本來只升起不高的火苗的油桶噴射出兩、三米高的火焰。火焰之中，濃煙翻滾着升起，直衝天空，足有二、三十米高，而且火焰和煙霧越來越高，高空的煙霧中還不時地有火焰燃爆的景象，幾公里外都能看得很清楚。

「可以了。」南森看看麥克警長。

麥克警長拿起了對講機，通知了四輛消防車，頓時，

為什麼南森要製造出火焰和煙霧？這跟魔怪有什麼關係呢？

消防車上的警笛聲淒厲地響起，傳出去很遠。

在四輛消防車的周邊，靠近馬路的那邊，麥克警長派出的警員已經就位，如果有人來看火勢，將被告知消防車已經控制了火勢。倫敦的999報警中心也被告知，如果有人報告説看到荷蘭公園西側墓地這裏有火焰和濃煙，也不用上報。因為這些人當然都不知道，這一切都是南森安排設計的，他的目的只有一個——在外遊蕩的霧狀幽靈會被濃煙和警笛聲吸引，看到老巢這邊有情況，必定會操控着能活動的小動物回來查看，只要進入保羅的魔怪預警系統搜索範圍，就一定會被探測到，而之所以派海倫和本傑明在伯利森男爵雕像附近事先埋伏好，是南森預測霧狀幽靈從那個區域過來的可能性最大。

在消防車的警笛聲中，南森先是讓消防車的消防員和麥克警長都撤到周邊，魔怪的目標會是這裏，麥克警長他們待在這裏風險較大。隨後南森、派恩和保羅回到了自己的車那裏，那是他們值守的地方，一旦霧狀幽靈從其他方向過來，南森他們就要快速截擊。

夜晚的荷蘭公園區域，因為四輛警車同時的鳴笛，顯得非常喧鬧。從遠處看，一股股的濃煙升起，在幾十米高的天空中翻滾，被魔法助燃的煙霧中冒着火光，使得這股

煙霧在暗夜中非常醒目。這樣的煙霧能持續一小時，如有必要，還可以再次助燃，直到把霧狀幽靈吸引來。

南森坐在駕駛座，車門開着，派恩則站在車外，看着百米外那升起的煙霧。

「看得真清楚，那傢伙一定會來。」派恩邊看邊說着，「好幾天不回家了，家裏有這樣的變化，一定回來看看……保羅，你可要盯緊了，有了魔怪反應馬上通知……」

「放心吧。」保羅說，「半夜裏那些鴿子、松鼠什麼的都不會飛行或走動，霧狀幽靈就會強行『駕駛』牠們過來，魔怪反應就能暴露出來了……」

「博士——博士——」南森的耳機裏，傳來本傑明的聲音，「煙霧很大，裏面還有火光，我這邊看得非常清楚。」

「很好，你隱蔽好，不要弄出響動。」南森連忙說。

「明白。」本傑明那邊說，「博士，我的幽靈雷達好像閃了一下……」

「博士——它來了，是霧狀幽靈——從東面過來的——」保羅說着立起了身子，看着公園那邊，「信號越來越明顯了——」

　　「大家都做好準備——」南森説着就下了車，「海倫、本傑明，你們原地待命，我們趕過去，我們要把它圍住，爭取在無人的公園裏解決它，不要讓它到街道上去。」

第十一章　白色的霧團

南森抱起保羅，幾步就衝到公園的圍牆邊，手扶着牆，一躍而過。派恩也跟着翻了過去。保羅探測到了一個明顯的魔怪反應，這個魔怪反應的行進路線和南森預測的基本一致，此時才十點半，看來僅僅半個小時，霧狀幽靈就着急了，它聽到了聲音，也看到了濃煙。

越過圍牆後，保羅帶路，他知道在何處設伏最為合適。南森的耳機裏，海倫和本傑明的報告不停地傳來。此時，魔怪緩緩地向公園西側移動，因為不是從空中來的，所以保羅判斷魔怪依附在了松鼠這樣的動物身上。

保羅飛速地跑着，他們借着夜色的掩護，霧狀幽靈距離他們還有四百米的距離。忽然，保羅站住，並讓身後的南森和派恩也站住。

「派恩，你守在這裏，這裏可以堵住它向西的行進。」保羅小聲地對派恩說。

「好的，我……藏在樹後……」派恩說着就跑到了一棵樹後。

「按照它現在這個行進路線……我們繞到魔怪身後去。」保羅判斷這霧狀幽靈的方向，對南森説，「這樣我們就包圍住它了。」

南森答應了一聲，保羅帶着南森大跨度地繞行，想出現在魔怪身後。魔怪將要從海倫和本傑明隱蔽處中間位置穿過，它會迎面被派恩阻截，身後還會被南森包抄。

霧狀幽靈前進的速度也加快了，很快，它就來到了伯利森男爵雕像附近，保羅已經檢測出來，它依附的就是一隻松鼠，松鼠此時都是直立行走的，這其實是霧狀幽靈在奔跑。南森和保羅從本傑明的身後越過，隨後繞行出現在魔怪的身後，霧狀幽靈不知道，它已經被徹底包圍了。

「大家不要急，我截住它的退路了——」包圍了魔怪後，南森叮嚀道，「派恩，它在向你那邊移動，靠近你後你就正面攔截。」

「是，讓它來吧。」派恩摩拳擦掌地説。

「博士、博士，它不動了。」海倫忽然説，她看不到霧狀幽靈駕馭的松鼠，但是幽靈雷達上顯示魔怪的紅點在伯利森雕像旁突然靜止了。

「看看它要幹什麼。」南森連忙説，保羅其實也在他身邊，一直向他通報着魔怪的動作。

　　遠處，消防車的警笛還是響成一片，濃煙繼續翻滾。伯利森男爵雕像這邊，有一隻松鼠像人類一樣，站在那裏，四處觀察了一下。忽然，從牠的身體裏，飄出一個淡淡的白色氣團，如果不是仔細觀察，根本就察覺不到它的存在。氣團圍着松鼠轉了一下，松鼠隨即癱倒在地上，想掙脱不能掙脱的樣子，而那股氣團直直地飄進了伯利森男爵的雕像裏。

　　伯利森男爵的雕像忽然就動了一下，他的頭本來側對着墓地那邊，這時慢慢地轉向了墓地，雕像好像復活了一樣。

　　「大家注意，雕像有高度，魔怪鑽進雕像裏去查看墓地的情況了。」南森立即判斷出霧狀幽靈的意圖，「收縮包圍圈——」

　　南森下令後，大家一起向雕像圍攏過去，包圍圈逐步縮小。海倫和本傑明找着掩護，小心地靠過去。這時，雕像恢復了原本的姿態，那股白色的氣團再次飄出，它很快就鑽進了那隻松鼠的身體裏，松鼠隨即站了起來，像人一樣地朝着公園西側圍牆奔跑，剛才松鼠癱倒在地，是霧狀幽靈利用法術束縛牠，從雕像出來後可以繼續操縱牠。

　　「派恩，動手，攔住牠——」博士聽保羅説魔怪鑽回

松鼠身體裏向公園西側前進，立即下令。

　　派恩本來藏在一棵樹後，聽到南森的命令，興奮地從樹後衝出去，他距離那隻松鼠不到二十米，借着微弱的月光，派恩看見那隻朝自己這邊走來的松鼠了。與此同時，很是警覺的「松鼠」也看到了派恩。

　　「哈哈哈──」派恩衝了上去，「看我來抓一隻小松鼠──」

　　看到派恩衝過來，那隻松鼠站在了那裏，牠似乎沒有想到有人會在這裏，不過牠已經意識到衝上來的人是魔法師了。

　　「嗖──嗖──」兩道白色的電光直射派恩，這是松鼠甩出來的。派恩覺得松鼠的身材完全無法和自己比擬，他能比較輕鬆地就抓到松鼠，這樣依附在松鼠體內的霧狀幽靈也就被抓住了。看到電光射來，他有些猝不及防，慌忙躲過第一道電光攻擊，但是被第二道電光射中了肩膀。

　　「啊──」派恩喊了一聲。

　　派恩感到很疼，不過這道電光是從個子很小的松鼠手爪上發射出來的，攻擊力度也不高，派恩的感覺就像是被針扎了一樣，很疼，但是沒有倒下。

　　與此同時，本傑明出現在松鼠的側方，松鼠立即看見

了本傑明，本傑明看到松鼠抵抗，對着牠就射出了一枚凝固氣流彈。

「轟──」的一聲，氣流彈爆炸，松鼠已經跳到了一邊，躲開了氣流彈的攻擊。

「還敢攻擊我──」派恩很快就緩了過來，他揮着拳頭衝過去，準備一腳踢飛那隻松鼠。

松鼠看看四周，迅速地判斷了形勢，牠隱約看見，海倫也衝了過來，牠意識到自己應該被包圍了，包圍牠的都是魔法師。松鼠向後退了幾步，隨即，一股白色的霧團從牠體內飛出，而那隻松鼠則抖了抖身體，隨後跑走了，這回霧狀幽靈來不及控制牠了。

本傑明他們知道白色的霧團就是霧狀幽靈那無形的身體，他們要盯緊的是這個霧團，或者説是霧狀幽靈，而不是那隻被附體的松鼠，所以他們都不去管那隻松鼠，而是朝着霧團衝來。

「嗖──」的一聲，派恩看到霧團飛出，隨即一甩手，一枚凝固氣流彈飛出，擦着霧團的邊緣飛過去，沒有命中霧團，隨後在空中爆炸。

白色的霧團快速地飛了幾十米，一下就鑽進了伯利森男爵的雕像裏，雕像的高度和體積都比真人要大，本傑明

頓時意識到，鑽在松鼠體內的魔怪處於身形上的劣勢，和魔法師交手非常被動，而跳進雕像裏操控雕像，那麼身體方面一點不吃虧，反倒佔據一些優勢。

海倫他們衝過去，圍住了雕像。南森距離這邊較遠，衝過來時，霧狀幽靈已經逃進到雕像裏。被附體的雕像此時也復活一般，身體動了起來，雖然沒有離開基座，動作還有些僵硬，但是它揮舞着手臂，已經做出一副迎戰的樣子了。

「還想頑抗……」派恩衝到了雕像前，隨即一個箭步躍起，身體和雕像等高，揮拳就打過去。

「派恩小心——」南森從雕像後趕到，急忙想去制止派恩。

一切都晚了，雕像根本就不躲避，而是揮起手掌，用力掃過去，一下就撥開派恩的手臂，另外一掌隨即打來，重重地打在派恩身上，派恩慘叫一聲，身體從半空中橫着就飛了出去，足有十多米遠，隨後落在地上。

「啊呀呀——」派恩倒在地上，翻滾着，痛苦地叫着，「斷了，腰都要斷了……」

本來想對雕像展開攻擊的海倫連忙跑過去對派恩進行急救，她拿出一瓶急救水，給派恩喝下去。

這邊，南森已經衝到了雕像身邊，此時的本傑明一拳砸在了雕像身上，隨即捂着手退後幾步，他的拳頭砸在了青銅上，雕像沒有任何反應，他自己感到手要斷了。

「阿普頓——」南森直接叫出了霧狀幽靈的名字，「你跑不了了，你做的事我們都知道……」

南森似乎想説服霧狀幽靈阿普頓投降，但是阿普頓明顯不肯投降，它扭動着脖子，當然，它扭動的是伯利森男爵的脖子，望着南森的也是伯利森雕像的頭，但是此時這座雕像已經完全被阿普頓控制了。

「哈哈哈……」阿普頓突然開口了，「這麼多年了，有人叫我的名字了。」

「阿普頓，你幹了什麼，我們都知道，在這裏，你利用這座雕像殺人，你是霧狀幽靈，你馬上就擒……」南森並沒有急着動手，還是勸道。

「你可以來抓呀——哈哈哈——」阿普頓狂笑着，説完，彎下腰，一拳就打向了南森。

南森連忙後退兩步，躲開了阿普頓的拳頭，阿普頓的拳頭帶着風聲，它依附的可是一座青銅雕像，而不是小松鼠，它的拳頭帶着金屬的力量，所以剛才能一掌就把派恩打出去十多米遠。

「轟——」的一聲，一枚凝固氣流彈在阿普頓的頭部爆炸，這是海倫看到阿普頓還是不肯投降，居然還打向南森，隨即發射的氣流彈。海倫救助的派恩此時已經坐在地上慢慢恢復着。

凝固氣流彈在阿普頓的頭部爆炸後，絲毫沒有影響它一樣，它只是扭了扭頭，在爆炸後的白煙之中，它用雙臂機械地揮散着煙霧。

海倫有些發愣了，她沒想到凝固氣流彈在阿普頓的頭部爆炸都沒有炸倒它，保羅這時也急得亂跳，他想發射追妖導彈，但是南森的原則是盡量抓活的，而且此時大家近在咫尺，也沒法發射導彈。

「嗖——嗖——」白煙基本散開後，阿普頓看到了發射凝固氣流彈的海倫，它一揮手，兩道閃光射向了海倫。海倫急忙跳着躲避，「轟——轟——」的兩聲，兩道比剛才松鼠射出的威力大很多的電光射在地面上，發出巨大爆炸聲，地面炸出一個直接二十厘米左右的坑。

海倫還好躲閃得快。南森知道阿普頓根本就不可能束手就擒，揮舞起了雙臂。

「千噸鐵臂——」南森唸了句口訣，雙臂忽然變得很長，他揮着帶着風聲的雙臂打向阿普頓。

　　「噹——」一聲巨響，阿普頓揮拳去擋，手臂間的撞擊產生的火花四濺，南森的雙臂被擋開，阿普頓根本就不害怕這種攻擊一樣。南森不甘心，掄起雙臂打向阿普頓的雙腿，想把它擊倒，阿普頓半蹲下身，青銅雙臂去攔截南森的雙臂。「噹——」的又是一聲巨響，火花四濺，南森的雙臂再次被擋開。

　　「嗨——」本傑明的身體飛了起來，足有三、四米高，他居高臨下落下，一腳踢向阿普頓，阿普頓舉手一撥，手掌打在了本傑明的腳腕上，本傑明倒是有了剛才派恩被攻擊的教訓，他急忙收回腳腕，不過仍被阿普頓打到，但是不重，本傑明身體失去了重心，落在了地上。

　　派恩一瘸一拐地走過來，扶起了本傑明。

　　「哎喲，沒事吧，這是個狠角色……」

　　「我沒事……」本傑明被扶起來，他不甘心地看着阿普頓，「派恩，咱們上，不要怕它——」

　　「我不怕它。」派恩説，「我就是打不過它。」

第十二章　會走動的雕像

南森還揮動着千噸鐵臂和阿普頓交戰，派恩不敢靠前，他看到路邊有塊石頭，衝上去揀起來，用力砸向阿普頓。「噹——」的一聲，石頭砸中了阿普頓，不過阿普頓根本就不受影響，繼續和南森打在一起。

雕像是固定的，南森在正面和阿普頓交手，海倫跑到了雕像後面，海倫知道即便這樣，拳頭打上去也沒用，她看到不遠處有一個垃圾桶，她走過去把垃圾桶舉了起來，快跑幾步，把金屬外殼垃圾桶拋出去，「咣——」的一聲巨響，垃圾桶實實地栽在了阿普頓的後背上，阿普頓的身體不由自主地前傾，這時南森一掌就打在了阿普頓的脖子上。

「啊——」阿普頓大叫一聲，它的脖子都有被打斷的感覺。

「好——好——」派恩在一邊大聲叫好。

「啊——啊——」阿普頓狂喊兩聲，他回頭看看海倫，發現海倫還在那裏尋找能拋向自己的東西，這時南森

一拳打過來，阿普頓連忙一擋，「啊——啊——」

　　隨着阿普頓的大喊，他的兩隻腳忽然從基座上拔起來，隨即從基座上跳了下來。落地後，它比南森要高很多，它也是試着向前邁了一步，居然可以前進，它大喜過望，而此時，基座上支撐青銅雕像的鋼筋都裸露出來了。阿普頓固定在那裏，腹背受敵，很被動，它嘗試着走起來，居然成功了。

　　阿普頓站在地上，能行走，南森他們也非常吃驚，但是此時根本就沒時間去驚訝，只見阿普頓步履蹣跚地走向南森，雙臂還揮舞着，它剛剛能行走，有點像嬰兒學步，它掌控雕像行走還有些困難，但是為了避免腹背受敵，只能脫離基座。

　　「啊——啊——」阿普頓能走了，它似乎得意了，也更加瘋狂了，它大吼着，揮着手臂直撲南森。

　　能夠行走的阿普頓，明顯比固定的阿普頓更加危險，南森只能邊招架邊後退。

　　「哇——哇——」派恩着急了，他有些不知所措，在一邊大喊着，「拉住它——拉住它——」

　　「本傑明——」海倫聽到派恩的話，靈機一動，她和本傑明此時都在阿普頓的側後方，海倫指了指阿普頓的

腳，然後壓低了些聲音，「綑妖繩——」

本傑明立即就明白了海倫的意思，他連忙點着頭，同時從口袋裏掏出一根綑妖繩，海倫也掏出了綑妖繩。

「綑妖繩——」兩人一起大喊魔法口訣。

兩人的綑妖繩沒有飛向阿普頓的身體，而是直飛它的腳腕，海倫的綑妖繩綑住了阿普頓的左腳腳腕，本傑明的綑住了它的右腳腳腕。

「嗨——」海倫和本傑明看到綑住了阿普頓的腳腕，各自抓着綑妖繩的另一頭，大喊一聲，一起用力。

阿普頓本來走路就僵硬，被海倫和本傑明一拉，「轟——」的一聲巨響，面向地面就倒了下去。「轟——」的又是一聲，阿普頓重重地砸在了地上，把地面砸出一個坑。

倒地後的阿普頓還想起來，它手扶着地面，左腳想找到支撐點，海倫連忙又拉綑妖繩，阿普頓這下連手部支撐都受了影響，它再次趴了下去。

南森不給它起身的機會了，他一個箭步衝上去，雙腳踩在阿普頓身上，阿普頓完全站不起來了。

「哇——哇——」派恩跟着衝上去，他可不敢用拳腳攻擊了，他怕打在青銅上會很痛，他撲在了雕像的身上，

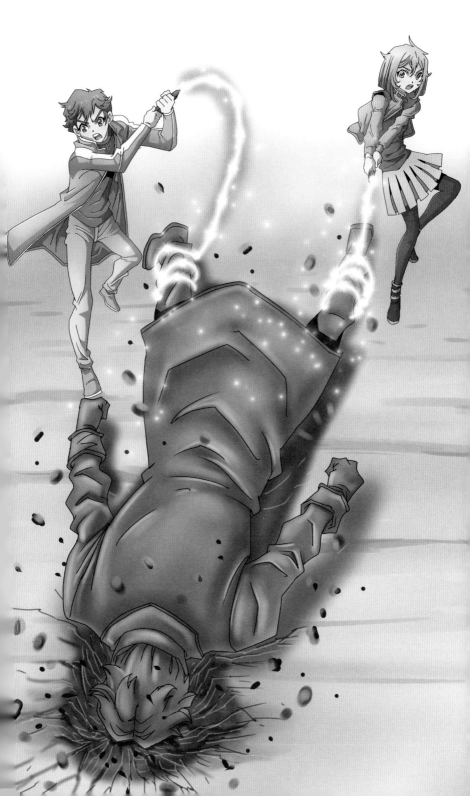

壓着雕像不讓它起身。

雕像的腳被纏住，身體被壓着，根本就動彈不得。這時，從雕像裏突然飛出一股白色氣團，這股氣團急速升空，隨後向南快速奔逃。這是霧狀幽靈阿普頓的真身，它此時只能脫離雕像逃跑。

「我來——我來——」保羅看到那股氣團，大叫着，他背後的追妖導彈發射架彈了出來。

「我來吧……」南森對保羅擺擺手，隨後看着那個氣團，手一揮，「凝固氣流彈——」

白色氣團已經飛出去五十多米，南森的氣流彈急速追上去，「轟——」的一聲巨響，白色氣團被凝固氣流彈擊中，氣流彈爆炸。

氣團裏發出一聲慘叫，這是阿普頓的叫聲，隨即，那股氣團從二、三十米的高空直直地落在地上，落地後的氣團就像是一攤水一樣，先是顫動了幾下，隨即不動了。

「這個時候是霧狀幽靈最薄弱的時候，防護能力很低。」南森看看保羅，「老伙計，咱們經費不足，你還是給我們省一枚導彈吧。」

「對，還要抓活的呢。」本傑明收起了綑妖繩，走到保羅身邊説，眼睛看着氣團掉落的地方。

　　派恩已經跑了過去，他來到氣團落地的地方，看到了那一股落地的氣團，此時的氣團基本呈現出一個白色半透明橢圓形外形。

　　氣團一動不動，派恩伸手去抓，他居然「撈」起了氣團，非常輕，他知道這其實是魔怪阿普頓。派恩捧着阿普頓的「身體」，阿普頓的身體也沒有散掉，派恩急忙跑了回來。

　　「噗——」的一聲，派恩來到南森這裏，把阿普頓扔到了地上。保羅急忙上前，在阿普頓身邊走着，此時的阿普頓癱成一個橢圓形，大概有半米大小，它微微顫動着。

　　「還是活着的。」保羅轉頭看着南森，「博士，有什麼都可以問問它，它能説話的。」

　　海倫看到阿普頓被抓住，立即給公園外的麥克警長打電話。隨即，消防車的警笛聲停了下來，只有那股濃煙還在繼續，不過再過十多分鐘，火苗熄滅後濃煙也就不再產生了。

　　南森蹲下身子，看着阿普頓，公園這裏，沒有了消防車的警笛，顯得極為安靜。

　　「阿普頓。」南森看着那股攤在地上的氣團，「公園裏的人，是你殺害的吧？當時那人剛剛用手機給自己拍

照，而你就躲在雕像裏。」

　　阿普頓根本就不理睬南森，它還是在那裏微微發顫，就是一言不發。作為一個霧狀幽靈，它是有語言能力的。

　　「我們知道你叫阿普頓，也知道你因為爭奪家產而被殺死，能把你抓到，其實我們知道的不單單是這些。」南森早就有所準備，他料想到阿普頓不會那麼輕易開口，「過了這麼多年，你可能對一切都不那麼關注了，但是你因怨恨成為靈怪，我們也知道你怨恨誰……你想不想知道殺死你的親哥哥最後怎麼樣了？他後來遷離了這個地方，

我倒是了解到了一些他後來的事，我想你會感興趣⋯⋯」

「他怎麼樣了？我就要點錢，他連親弟弟都殺，我當時就說他不會有好下場⋯⋯」阿普頓突然開口了，氣團靠近南森的地方，也鼓了起來，還一動一動的，就像是和南森說話。

「我們聽說你可不是要點錢，你好像是要傾吞所有財產。不過這不重要了，你的哥哥最後結局和你猜的也差不太多⋯⋯」南森說，「不過⋯⋯我們想知道一些你的情況，你說你的，我說我知道的，這可以算是一個交換⋯⋯」

「你要知道什麼？」

「很簡單，首先要知道，用手機在伯利森雕像下拍照的那人是怎麼死的？」

「我殺死的，我喝光了他的血，然後我就離開了雕像。」阿普頓這回很是乾脆地說，「我需要他的血，加速我的成形。」

「謀殺過程，說一下。」

「就是那人在雕像下拍照，我在雕像裏，利用雕像的手臂猛地抓他起來⋯⋯」

「等一下。」南森打斷了阿普頓，「他拍照的時候，

你是不是動過手臂？而不是一下就把他抱起來的？」

「是呀，他拍照時距離我較遠，我嘗試把他抓住，拍好照他退了一步，我正好把他抱起來。」

「這就是特納能拍到阿普頓手臂動的原因。」南森看着幾個小助手説，隨後看看阿普頓，「你繼續説。」

「……我抓起他，然後用雕像的嘴去咬開他脖子上的血管吸血，這時我完全控制雕像，那人掙扎沒有用的。吸血後我就把他扔在地上了。」

阿普頓這樣一説，雕像上當時存在死者的血跡的原因也就明了、確認了。

「你説你的墓地上千年了，我們推斷這是你第一次殺人，以前怎麼沒有作案？」

「最早的時候我連墓地都飛不出，這些年我才能離開墓地，也逐漸有了魔力。」阿普頓飛快地説，「我需要人血來加速成形，現在有了魔力，也有了機會，我這些日子一直借助依附活物在外活動，也是想看看能不能殺人喝血。那天那人在這裏的時候，我看到周邊無人，天也是黑的，就下手了。當時我從一隻松鼠的身體裏跳到雕像裏，而那人就在雕像下。」

「在墓地餵松鼠的老者就在你身邊，而且當時你也鑽

進松鼠的身體裏，還直立行走，你為什麼沒有殺害那個老者？」南森確認地問。

「那是白天，墓地那裏很靜，但是白天也有人走過。再說老人的血不如年輕人的效力大。」

「昨晚你是不是也嘗試在這裏殺人了？」南森忽然問，「一個路過的女士，你在一隻鴿子身體裏。」

「這……」阿普頓顯然愣住了，它很驚歎南森什麼都知道，「是，不過有別人突然出現，我就沒有下手，隨着鴿子飛走了，我……還想多喝些血，我想快點成形……」

「這些天你去了哪裏？墓地裏沒有你，但是你能知道墓地這邊着火的，應該也沒走太遠吧？」

「我殺了那個人，還喝了血，我連雕像都沒有清理就跑了，我就是害怕，我怕被發現這是魔怪作案，連墓地都不敢回去，就躲在兩公里外的空房子裏，我想離這裏遠一些，躲一段日子再回墓地。那邊也有松鼠這樣的動物，就住在樹上，我可以進入牠們的體內操控牠們。」

「明白了。」南森點點頭，「因為墓地的大火，你就急着回來看看？」

「是。」阿普頓説，「這是你們的一個圈套。」

「你的行動，是依附在動物身體後操縱完成的？」

「你們都看見了，這都要問？」

「我只是確認。」

「快點告訴我，我那個哥哥最後怎麼樣了？你們問的我都説了。」

「你的哥哥，後來遷去了德文郡⋯⋯」

南森説着，從口袋裏掏出了裝魔瓶，這種殺害過人類的魔怪，是一定要收進裝魔瓶的。不過南森還是把阿普頓想知道的都告訴了它，這都是南森他們那天去倫敦圖書館地方史料部查閱資料時順便打聽到的。

阿普頓最終被收進裝魔瓶，它其實非常清楚自己的這個下場。幾天後它就會完全溶解在裏面。

荷蘭公園這裏，夜半時分，顯得更加安靜，並且安全了。

尾聲

幾天後，南森和小助手們再次去了偵探所旁邊的攝政公園，派恩不知怎麼，非常餓，臨走的時候，他在公園裏的食品車前吃了三個熱狗。

「回家也能吃，咱們快回去吧。」海倫催促道，「咱們回去吃晚飯。」

「真想再吃一個。」派恩想了想，他看看海倫，「不過回去也好，你做的飯更好吃……」

「要經常記得，不要等吃飯的時候才想起我的好。」海倫說。

「走啦，走啦。」本傑明不耐煩地催促道。

大家一起向公園外走去，經過一個大理石雕像，派恩忽然躲到了南森身邊，隨後尷尬地看着大家。

「看你嚇得，還是魔法師呢，不是什麼雕像都會鑽進魔怪的。」保羅說道，南森則一直笑着。

「我就是以防萬一，以防萬一。」派恩繼續尷尬地說。

忽然，從雕像旁閃出一個人來，那人徑直走了過來，像是看看保羅，隨後看看南森。

「你們好，我是英格蘭小動物保護協會的，今天是小動物保護日……」

「啊？」本傑明一愣，「有這個節日嗎？」

「確切說是我們動物保護者自己確認的節日，謝謝。」那人說話很有禮貌，「其實我是做調查的，我想知道你們的狗平常都吃肉嗎？」

「嗯……」海倫有些犯難了，要是解釋保羅是隻機器狗，要花好長時間，但現在要急着趕回去，「嗯，是的。」

「那怎麼行？狗狗也要適當吃些蔬菜的，狗狗也要補充維生素的……」那人似乎有些生氣了，大聲地教訓起來。

南森他們連忙走了，剛到公園大門門口，又有一個人走了上來。

「你們好，我是倫敦小動物保護協會的，今天是小動物保護日，我看到你們有隻狗狗，好像有點瘦，我想知道你們的狗狗平常都是吃蔬菜嗎？」那人問道。

「是的，是的。」海倫這回長教訓了，連忙說。

「那怎麼行？狗狗是肉食動物呀，我要控告你們虐待小動物……」那人頓時生氣了。

南森帶着大家連忙走掉，快走到偵探所的時候，又有一個人走了過來。

「你們好，我是北倫敦地區小動物保護協會的，今天是小動物保護日，我想做個調查，我想知道你們的狗狗平常都吃些什麼？」那人很有禮貌地問。

「啊……」不等海倫回答，派恩搶着說，「一般我們都是給他錢，他想吃什麼就自己去買。」

「啊？」那人當場就愣住了。

「保羅，去買些好吃的。」派恩說着真的掏出錢，遞給保羅。

「好的。」保羅說，隨後叼起錢，就向偵探所跑去。

「啊？」那人更驚訝了，嘴張得很大。

南森他們看看那人，連忙去追保羅，還全都笑了起來。

大藝術家作品

麥克警長從利物浦辦案返回倫敦，這次他是乘坐火車回倫敦的，而且穿着便裝。麥克的身邊坐着一位老奶奶，年齡雖然大但神采奕奕，穿着也非常講究，手指上還帶着兩枚閃閃發亮的大戒指，一看就很貴重。

車廂裏人不多，列車開車後不久，因為車廂的搖晃，麥克竟然有些困了，他靠着座椅，似睡非睡的。

「嗨，老奶奶，您好。」不知什麼時候，老奶奶和麥克的座位對面坐下來一個人，他三十多歲，顯得非常恭敬，「您是一個人旅行嗎？」

「是的，我去倫敦看孫子。」老奶奶説。

「真好。」那人説道，「我叫亨特。有一件事，哎，

因為我經營的商店出現了一些問題，急需一些錢還債，所以想把家中的繪畫大師畢卡索早期的兩幅素描作品出售給您，因為我一看您就是懂藝術的人，而這兩幅繪畫大師的作品，完全可以送去拍賣，但是要很長時間拍賣款項才能到我的手裏，債主可等不了這麼長時間……」

「可是我不是很懂藝術……」老奶奶為難地說。

「畢卡索你知道吧？」亨特連忙說。

「這人我是知道的。」老奶奶點點頭。

「對呀，世界大藝術家呀，兩幅素描作品，拍賣會上能賣十萬鎊呢，我決定一千鎊賣給您。」亨特說着拿出兩張複印紙大小的素描作品，「請看，一副是瑞士海邊美景，一副是奧地利山間美景，價值連城呀，都是畢卡索的精品，參加過無數次的世界大展，全部賤賣給您……」

「收起來吧。」麥克一直聽着亨特的話，此時冷笑着，「你從哪裏弄來的畫？不要在這裏騙人了。」

「你？」亨特生氣地瞪着麥克，「我怎麼騙人了？」

「你當然騙人了！」

麥克說出一番話，亨特當即就低下了頭。兩幅畫其實都是他從跳蚤市場花了一鎊買來的。

請問，麥克發現了什麼疑點而指出亨特是騙人的？

魔幻偵探所 40

雕像殺人事件

作　　者：關景峰
繪　　圖：陳焯嘉
責任編輯：葉楚溶
美術設計：李成宇
出　　版：新雅文化事業有限公司
　　　　　香港英皇道499號北角工業大廈18樓
　　　　　電話：（852）2138 7998
　　　　　傳真：（852）2597 4003
　　　　　網址：http://www.sunya.com.hk
　　　　　電郵：marketing@sunya.com.hk
發　　行：香港聯合書刊物流有限公司
　　　　　香港新界大埔汀麗路36號中華商務印刷大廈3字樓
　　　　　電話：（852）2150 2100
　　　　　傳真：（852）2407 3062
　　　　　電郵：info@suplogistics.com.hk
印　　刷：中華商務彩色印刷有限公司
　　　　　香港新界大埔汀麗路36號
版　　次：二〇一九年七月初版

ISBN：978-962-08-7335-5

魔幻偵探所